VOLLMOND
LEGENDEN

www.ggverlag.at

ISBN 978-3-7074-2514-7

1. Auflage 2023

Text: Matthias Bauer
Illustrationen: Chris Scheuer

Gedruckt in Europa.

Matthias Bauer

VOLLMOND LEGENDEN

Das Geheimnis der Vampire

Illustrationen von Chris Scheuer

INHALT

TEIL 2 – GRAUEN ÜBER DER STADT

PROLOG

Kalter Herbstwind rauschte um das alte Haus, dessen Giebel sich spitz vor dem Vollmond abzeichneten. Die abgenutzte Sandstein-Fassade stemmte sich den Windböen entgegen. Fensterscheiben vibrierten, Dachschindeln ächzten. Im Garten fielen die letzten Blätter von den knorrigen Eschen.

Im Inneren des Hauses war es still, auch in der Bibliothek, die in völliger Dunkelheit lag. Nur ab und an fuhr der Wind durch den Kamin und wirbelte kalte Asche auf.

Gegenüber des Kamins befand sich ein großes Fenster. Zwei Gestalten standen davor und blickten durch die staubige Scheibe hinaus.

Der Mond steht richtig. Die Stimme der einen Gestalt glich raschelndem Laub, uralt und geheimnisvoll.

Die andere schüttelte den Kopf. *Das heißt aber nicht, dass die vier kommen werden.*

Oh doch ... sie werden kommen. Ein hagerer Finger tastete durch die Finsternis, fand einen Schalter an der Wand, drückte ihn.

Das Licht des Kronleuchters erhellte den Raum, fiel auf unzählige Regale, die sich bis zur Decke streckten und von Büchern schier überquollen.

Der Schalter wurde erneut gedrückt. Die Bibliothek versank wieder im Dunkel.

Sie werden kommen ...

11

BLOSS WEG

Leise zog Felix Bergmann die Eingangstür hinter sich zu.
Mit dem Schließen der Tür wurden die Stimmen seiner Eltern
gleichsam abgeschnitten.

Endlich Ruhe, dachte der Junge.

Die untergehende Sonne tauchte die Straße, in der das Haus der
Bergmanns lag, in rötliches Licht. Die Luft war herbstlich kühl,
roch nach Laub und dem Rauch der Kaminfeuer.

Alles machte einen friedlichen Eindruck – und passte damit so gar nicht zu dem, was gerade in Felix' Elternhaus geschah. Denn seine Mutter und sein Vater stritten wieder einmal, wie so oft in letzter Zeit.

Felix seufzte innerlich. Er hatte vorhin mit seinem älteren Bruder Alex telefoniert, der seit diesem Semester in Amsterdam studierte. Hatte ihm von den harten Worten zwischen den Eltern erzählt, vom zornigen Gesicht des Vaters und den Tränen der Mutter.

Alex hatte versucht, ihm Mut zu machen. Eltern waren auch nur Menschen, meinte er, und weil Erwachsene ihre Differenzen nicht mit einem Basketballspiel oder einer zünftigen Rauferei lösen konnten, wie es etwa zwischen Brüdern üblich war – hier blinzelte er Felix über den Bildschirm des Handys zu – stritten sie halt.

Felix hatte sich gleich etwas besser gefühlt. Er liebte seinen älteren Bruder für die Gabe ihn aufzumuntern und vermisste ihn sehr. Wenigstens hatte Alex ihm versichert an Weihnachten zu Hause zu sein. Dann würden sie alles nachholen, vom traditionellen Basketball-Match bis zu Kopfnüssen und Schwitzkasten.

Während Felix noch nachdachte, ging hinter ihm die Tür auf. Sein Vater trat heraus, beäugte ihn missmutig. „Was machst du denn hier draußen? Morgen ist Schule."

„Ich weiß, aber ich würde gerne bei Daniel übernachten. Wir

wollen für den Mathematik-Test lernen." Felix verzog sein Gesicht zu einer Grimasse. „Du weißt ja – ich und Mathe."

„Weniger Basketball und mehr pauken, dann hättest du nicht solche Probleme", erwiderte Martin Bergmann.

Felix fühlte Ärger in sich aufsteigen. Er gab sich wirklich Mühe, doch irgendwie wollten Formeln und Rechnungen nicht so im Kopf bleiben wie Sportergebnisse oder Filme.

Sein Vater schien einzusehen, dass er Unrecht hatte. „Entschuldige. Ich weiß ja, dass du nicht faul bist. Dann grüß mir Daniel und seine Eltern."

„Mach ich. Und, Papa ...", begann Felix.

„Ja?"

Felix wollte ihm sagen, was in ihm vorging. Dass er Angst hatte, dass alles auseinanderbrach. Alex war weg, da musste doch wenigstens der Rest der Familie zusammenhalten.

Aber als er die dunklen Ringe unter den Augen seines Vaters bemerkte, die grauen Strähnen, die sich in letzter Zeit zunehmend in sein blondes Haar mischten, ließ er es. „Ach nichts. Dann bis morgen Nachmittag."

Martin Bergmann nickte und ging ins Haus zurück.

Felix sah durch das Fenster, wie sein Vater sich allein auf die Couch setzte. Fast im gleichen Augenblick ging im ersten Stock ein Licht an. Die Silhouette seiner Mutter erschien am Schlafzimmerfenster. Ebenfalls allein.

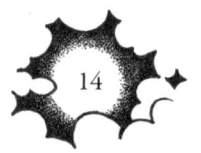

Der Junge schulterte den Rucksack, nahm sein Fahrrad und schob es durch den kleinen Garten zur Straße.

Die Sonne war mittlerweile untergegangen, auf der Straße herrschte Stille. Nur der alte Herr Rhade von gegenüber saß wie immer auf der Bank vor seinem Haus und trank seine abendliche Tasse Tee.

Rhade winkte Felix zu. „Na, wieder mal am Weg in die Kneipe?" Er lachte meckernd.

„Klar, Herr Rhade." Felix grinste. „Soll ich Ihnen von dort etwas mitbringen?"

„Frechdachs." Der Alte drohte ihm spielerisch mit dem Finger. „Mach lieber deine Jacke zu. Es ist kalt heute."

Felix knöpfte seine Jeansjacke zu und schwang sich aufs Rad. „Schönen Abend noch!"

„Dir auch, mein Junge."

Felix fuhr los. Das kurze Gespräch mit dem Nachbarn hatte ihn abgelenkt, aber schon während er zur nächsten Kreuzung radelte, dachte er wieder an seine Eltern.

An der Kreuzung bog er nach links ab, in Richtung Stadtzentrum. Bäume zierten die Hauptstraße, überall lagen abgefallene Blätter. Felix fuhr schneller, versuchte mit jedem Tritt in die Pedale, die trüben Gedanken an sein Zuhause hinter sich zu lassen.

Aber es gelang ihm nicht.

Der Mond stand am Himmel und blickte auf das Städtchen Eschenfeld hinab.

Durch die Straßen und Gassen waren vier Gestalten unterwegs. Mit Rad, Roller und Skateboard bewegten sie sich zielstrebig aufeinander zu. Wenn anstelle des Mondes ein Mensch von oben herabgesehen hätte, hätte er vermutlich den Eindruck von vier losen Gliedern einer Kette gehabt, die sich so schnell wie möglich vereinigen wollten …

DANIEL UND DIE LADIES

Felix erreichte als Erster den Treffpunkt. Er bremste sein Fahrrad auf dem Hauptplatz, der vom Rathaus, verschiedenen Geschäften sowie Lokalen und Hotels umgeben war. Der Junge lehnte das Rad an eine Bank und setzte sich.

Bis auf das Plätschern des großen Brunnens, der in der Mitte des Platzes lag, war es ruhig. Im Sommer saßen die Besucher der Lokale am Abend oft noch im Freien, aßen, tranken und schwatzten. Aber jetzt im Herbst war es dafür zu kalt.

Von den Lokalen ertönte gedämpfte Musik; manchmal ging eine Tür auf, Licht und Stimmen schwappten heraus und verstummten wieder. Felix nahm sein Handy. „Wo seid ihr?", tippte er. „Warte schon ewig."

Auf einmal hörte er ein Fauchen. Vor dem Hotel „Am Eck"
zeigten sich zwei Katzen die Krallen und begannen gleich darauf
zu raufen. Nach wenigen Augenblicken hatte die kleinere der beiden genug und floh in eine Gasse neben dem Hotel. Die andere
Katze folgte ihr. Das Fauchen verklang.

Felix betrachtete das Hotel nachdenklich. Vor vielen Jahren
hatten hier immer wieder berühmte Leute logiert, auch Filmstars.
Mittlerweile war von der einstigen Pracht nicht viel übriggeblie-
ben. Fassade und Fensterläden sahen bereits sehr mitgenommen
aus, im Inneren hingen gerahmte Fotos der Stars an schäbigen
Tapeten und erinnerten an die Vergangenheit.

Und doch war das „Eck" vor allem bei Eschenfelds Kindern
und Jugendlichen beliebt. Das lag einzig und allein am Café im
Erdgeschoß, welches ebenfalls vom Hotel betrieben wurde und
das unumstritten beste Eis der Stadt anbot.

Eines Tages, nach einem herrlichen Erdbeer-Vanille-Becher,
hatte Felix sich aus Neugier in den ersten Stock des Hotels ge-
schlichen. Dort fand er einen verglasten Balkon mit alten Möbeln
und einer schönen Aussicht auf den Hauptplatz. In einer Ecke
stand ein großes, gerahmtes Foto am Boden. Es zeigte einen
Mann und eine Frau, beide mit gebleckten Vampirzähnen.
Die Widmung am Foto verhieß folgendes: „Haben uns in eurem
Hotel schauerlich wohl gefühlt. Kommen gerne wieder – lasst
bitte in der Nacht die Fenster offen und stört euch nicht am Rau-

schen von Fledermausflügeln. Eure Herrscher der Nacht!" Gleich darauf erwischte eine Kellnerin Felix und scheuchte ihn gutmütig nach unten. Wie Felix später herausfand, waren der Mann und die Frau die Hauptdarsteller der kurzlebigen Vampirserie „Herrscher der Nacht" gewesen.

Noch heute erinnerte er sich gerne an die Atmosphäre auf dem Balkon: Die Sonne, die ihr warmes Licht auf die abgewetzten, aber gemütlich aussehenden Möbel warf; der Geruch nach Staub und dem schweren Stoff der zusammengebundenen Vorhänge; das Bild der beiden „Vampire" …

Eine Hand schlug auf seine Schulter. „Na, träumst du schon wieder von besseren Zeiten?"

Felix erschrak und fuhr herum. Aber es war nur Daniel, sein bester Freund, der eben seinen Roller an die Bank lehnte.

„Hey, musst du dich so anschleichen?" Felix boxte dem anderen auf die Schulter.

„Aua. Grobian!" Daniel rieb sich die Stelle.

„Also bitte – das war ja wohl eher ein Streicheln als ein Schlag."

Im Gegensatz zu Felix, der im Basketball und anderen Ballsportarten ganz groß war, hatte der schmächtige Daniel Kortner mit Sport nichts am Hut. Er war vernarrt in Bücher und Filme und ein begabter Schüler. Trotzdem bildeten die beiden Jungs seit dem Kindergarten ein eingeschworenes Team und ergänzten sich hervorragend: Daniel half Felix bei den Schularbeiten, der wiederum machte für seinen Freund den Prellball gegen Schulrowdys, die sich ja seit jeher immer die Schwächeren vorknöpften.

„Und was heißt überhaupt anschleichen? Kann ja nichts dafür, wenn du hier vor dich hinpennst." Daniel ließ sich neben Felix auf die Bank fallen. Er öffnete seinen Rucksack und zog zwei große Schokoriegel heraus. Einen davon hielt er dem Freund hin. „Von einem Geschäftspartner meines Vaters. Er hat gemeint, es gibt keine bessere Schocki oder Schoggi oder wie immer er es genannt hat. War ein Schweizer."

„Nein, danke. Hab keinen Hunger."

„Für Schokolade braucht man doch keinen Hunger."

Als sein Freund nicht antwortete, musterte Daniel ihn durchdringend. „Das Übliche daheim?"

Felix nickte stumm.

„Mist."

„Das kannst du laut sagen." Felix fuhr sich mit der Hand durch die blonden Haare, die er von seinem Vater geerbt hatte. „Aber das müssen sie selbst regeln, hat Alex gesagt. Ich kann da gar nichts tun. Nur den Kopf einziehen und das Beste hoffen."

Daniel nahm einen großen Bissen des Riegels. Seinem Gesichtsausdruck nach zu schließen hatte der Schweizer nicht übertrieben, was die Qualität der „Schoggi" betraf.

„Sag mal", schmatzte er, „glaubst du, dass sie sich, ich meine, dass sie …"

Felix wusste genau, worauf der Freund anspielte. In der Klasse gab es nicht wenige Schüler, deren Eltern sich hatten scheiden lassen. „Ach was. Das geht alles vorbei." Er bemühte sich sicherer zu klingen als er sich fühlte.

Wind kam auf, wehte vergilbte Blätter über den mondbeschienenen Platz.

„Eltern." Daniel schüttelte den Kopf. „Haben keine Ahnung, wie man sich gut verträgt. Die sollten Nachhilfe bei uns nehmen." Er biss erneut ab und verschluckte sich prompt.

Felix grinste und schlug seinem Freund mehrmals auf den Rücken. Der hörte schließlich auf zu husten.

„Apropos Nachhilfe …"

Daniel nickte. „Ich bring dir das Zeug morgen früh im Nullkommanichts bei. Dann haben wir heute noch genug Zeit für alles andere."

Sie hörten ein silberhelles Lachen.

„Na endlich. Da kommen die Ladies", sagte Daniel.

„Die Ladies, ja klar …" Felix grinste. „Heute wieder ganz der coole Typ, was?"

„Sei still, du." Daniel drohte mit der Faust, aber es war nicht ernst gemeint.

Und schon bogen zwei Gestalten auf den Platz ein, die eine am Rad, die andere am Skateboard.

EIN TOLLES TEAM

Die Mädchen bremsten vor der Bank. Die etwas kräftigere Mila, deren kurzgeschnittenes, violettes Haar in der Dunkelheit zu leuchten schien, stieg vom Skateboard. Sie trat einmal kurz auf den hinteren Teil des Boards, das in die Luft sprang. Lässig und mit einer Hand fing sie es sodann auf.

Emily, schlank und das lange Haar wie immer zu einem Pferdeschwanz zusammengebunden, lehnte ihr Rad sorgfältig neben Daniels Roller. Wie Felix und Daniel bildeten die beiden Mädchen optisch einen starken Gegensatz, und wie bei den Jungen bemerkte man sofort die Harmonie, die zwischen ihnen herrschte.

Mila und ihre alleinerziehende Mutter waren vor zwei Jahren in das Haus neben Emily gezogen. Diese hatte mit der „Neuen" und ihrem Armeeparka, den löchrigen Kniestrümpfen und einer mehr

als sarkastischen Art zunächst nicht viel anfangen können. Doch bald fand Emily heraus, dass unter der rauen Fassade ein sensibler Mensch steckte. Ein Mensch, der zwar über das „biedere Familienchaos", welches bei Emily herrschte, manchmal spottete, es aber insgeheim auch genoss. Emily wiederum gefiel, dass ihre Freundin sich nicht den Mund verbieten ließ und eine andere Sichtweise auf die Dinge hatte. Das war nicht immer einfach und durchaus fordernd, andererseits auch sehr erfrischend.

„Messieurs." Mila nickte Felix und Daniel zu und stippte mit ihrem Finger gegen den Rand einer imaginären Baseballkappe.

„Was?", fragte Daniel.

„Meine Güte, bist du ungebildet." Mila verdrehte die Augen. „Das heißt Herrschaften auf Französisch."

„Wusste gar nicht, dass Rumkritzeln und Punkrock hören bildet."

Mila stand in der Tat auf Punkrock und war ein Ass im Zeichnen. Leider heimste sie beim konservativen Zeichenlehrer mit ihren kreativen Schöpfungen meist schlechtere Noten ein als die Mitschüler, welche die Vorgaben des Lehrers brav erfüllten. Das ärgerte sie, und deshalb reagierte sie Daniel gegenüber nun dementsprechend patzig. „Was verstehst du denn schon vom Rumkritzeln, Zwerg."

„Wen nennst du hier Zwerg, Gnom?" Daniel stand auf und fixierte Mila. Die beiden waren ungefähr gleich groß – oder klein, wie immer man es nennen wollte.

23

„Beruhigt euch, Leute." Felix hob beschwichtigend die Hände. „Ihr seid beide riesig und die Besten. Kein Grund für Streitigkeiten."

Die zwei sahen ihn an. „Da hat er recht", meinte Mila und schnappte sich den zweiten Schokoriegel, der aus Daniels Jackentasche herauslugte. „Ich darf doch?"

„Bedien' dich", sagte Daniel verdrießlich.

Felix grinste. Er wusste, dass die Wortgefechte zwischen den beiden nicht ernst gemeint waren, im Gegenteil: sie waren sich in Manchem ähnlicher als sie zugeben wollten.

Dann fielen ihm wieder seine Eltern ein. Das Grinsen verschwand aus seinem Gesicht.

Emily beugte sich zu ihm. Eine Strähne ihres hellbraunen Haares hatte sich aus dem Pferdeschwanz gelöst und fiel ihr über die Stirn. Sie wischte sie automatisch zur Seite. „Alles okay?"

Felix zuckte mit den Schultern. „Immer das gleiche. Zoff und Zoff und als Draufgabe – Zoff."

Emily legte ihre Hand auf seinen Arm. „Das tut mir sehr leid."

Die Berührung tat Felix gut. Gleichzeitig fühlte er sich etwas unbehaglich.

Denn seit dem Sommer hatte sich seine Beziehung zu Emily verändert. Bis dahin waren sie nicht mehr als Freunde gewesen. Wie Felix liebte Emily Sport, vor allem Volleyball, und verfügte über einen mörderischen Aufschlag. Felix hatte das im

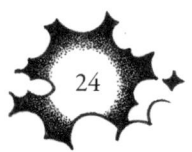

Schwimmbad mehrmals erfahren müssen, wenn sie Beachvolley-
ball spielten.

Nach einem dieser wunderbaren Sommertage, die nie zu enden
scheinen und nur aus Schwimmen, Eis und Pommes bestehen,
machten die vier abends ein Lagerfeuer. Sie hörten Musik, sprachen über Filme und Serien und rösteten Marshmallows. Dann
war es passiert: Felix hatte Emily angesehen und mit einem Mal
kam ihm alles, was sie tat, anders vor. Wie sie sorgfältig von den
Marshmallows abbiss … über einen Witz von Mila lachte … sich
die widerspenstige Haarsträhne aus dem Gesicht wischte ...

Emily bemerkte, dass Felix sie ansah und erwiderte seinen Blick.
Das Feuer spiegelte sich in ihren grünen Augen, ihre Lippen verzogen sich zu einem Lächeln. Felix war rot geworden und hatte sich
geschäftig seinen Marshmallows gewidmet. Weil es schon spät
war, löschten sie bald darauf das Feuer und gingen nach Hause.

Seitdem hatte Felix mit Emily nicht mehr über diesen Abend
gesprochen. Er war unsicher was sie ihm gegenüber empfand,
traute sich aber nicht direkt zu fragen. Mit Daniel wollte er auch
nicht darüber reden. Es war eine verhexte Situation.

„Na, ihr beiden, sollen wir euch allein lassen?" Milas spöttische
Stimme riss Felix wieder in die Wirklichkeit zurück. Emily nahm
ihre Hand von seinem Arm.

„Komm runter, Mila", sagte Daniel. „Du weißt ja, wie es bei
ihm zu Hause steht."

Milas Gesicht wurde ernst. „Sorry, Felix. Echt."

„Schon gut." Felix winkte ab. „Wird schon wieder. Muss ja."

„Weißt du", fuhr Mila fort, „ich habe immer gedacht, dass es schlimm ist, wenn der Vater die Familie verlässt, so wie bei mir. Aber wie es bei dir daheim zugeht …"

„Nicht alle Ehen sind so." Emilys Stimme klang unwillig. „Meine Eltern halten zusammen."

„Na klar, Kleine", sagte Mila. „Dafür darfst du die ganze Zeit Babysitterin für deine Nachzügler-Geschwister spielen. Ein Wunder, dass du heute hier bist, bei eurem Familien-Drunter-und-Drüber."

„Na, für so ein Drunter und Drüber hängst du recht oft bei uns rum."

Mila warf Emily einen gespielten Kuss zu. „Du weißt doch, dass ich nur wegen dem Pflaumenkuchen deiner Mutter zu dir komme."

„Bei meinen Eltern ist übrigens auch alles in Ordnung", warf Daniel jetzt ein.

„Nur dass sie nie da sind." Mila hob dramatisch die Arme. „Reich, aber allein – das Schicksal des Daniel Kortner."

Wie als passende Untermalung begann die Turmuhr zu schlagen.

„Schlag Sieben für das Dream-Team", kommentierte Felix trocken. „Für die Sportskanone mit dem super Elternhaus, den

einsamen Mathe-Zwerg, die Volleyball-Babysitterin und das Mädchen mit dem liebevollen Mundwerk."

Die vier Freunde sahen sich an. Einen Augenblick später brachen sie in Lachen aus.

Wenn man Felix' Ironie beiseiteließ, konnte man die vier wirklich als Dream-Team bezeichnen. Sie standen füreinander ein, jeder nahm die Macken und Unterschiedlichkeiten des anderen hin. Und gab es einmal Streit, war er bald wieder beigelegt.

Des Weiteren hatten sie etwas eingeführt, das man fast schon als Tradition bezeichnen konnte: den gemeinsamen Filmabend. Jeden Monat bei Vollmond trafen sie sich auf dem Hauptplatz von Eschenfeld und gingen dann zu Daniel, um sich einen Film anzusehen. Die Kortners verfügten in ihrer riesigen Wohnung über einen eigenen Filmraum mit alten Kinositzen. Wenn Daniel dann die Popcorn-Maschine anwarf und die Freunde sich in die gemütlichen Sitze lümmelten, kam sofort eine echte Kinoatmosphäre auf.

Am Programm stand meist ein Gruselfilm. Das ging vor allem auf Daniel zurück, der als absoluter Gruselfan seine Freunde mittlerweile mit seiner Leidenschaft angesteckt hatte. Felix passte das gut, er mochte vor allem Vampirfilme. Ob das mit dem Foto im Hotel „Am Eck" zu tun hatte? Er wusste es nicht.

Wenn Daniels Eltern gegen Mitternacht von ihren gesellschaftlichen Verpflichtungen heimkamen, war der Filmabend schon zu Ende und die Mädchen aus dem Haus geschlüpft. Sie stiegen dann heimlich bei Mila ein und übernachteten dort. Bisher waren sie noch nie aufgeflogen.

Auch heute stand der Vollmond am Himmel und damit ein Filmabend am Programm.

Mila stieg auf ihr Board. „Gehen wir vor dem Film noch die Kurve?"

Die „Kurve" bestand aus einer Route, die neben dem Park entlangführte und sich dann weiter zum Hügel mit der Kirche und dem alten Friedhof zog. Über eine schmale Straße und steinerne Treppe kam man wieder ins Zentrum und schließlich zu Daniels Wohnung. Wenn die vier Zeit hatten, gingen sie den Weg als Einstimmung für den Filmabend. So waren sie gleich in der richtigen, schaurigen Laune.

„Nichts dagegen." Daniel blickte in die Runde. „Und ihr?"

„Ehrlich gesagt wäre es mir lieber, wenn wir uns das heute sparen", meinte Felix. „Wir müssen ja morgen in der Früh für Mathe pauken. Wenn ich den Test verhaue, ist daheim noch mehr Feuer am Dach."

„Klar, kein Problem", sagte Emily.

Daniel und Mila nickten ebenfalls.

Aber als Felix aufstand, geschah etwas Merkwürdiges. Sein Blick schweifte kurz zum Hotel „Am Eck". Über dem Dach des

Hotels sah der Junge einen Hügel, der an der Ostseite der Stadt lag. Auf diesem Hügel stand ein Haus, das schon seit einigen Jahren verlassen war.

Und genau in diesem Haus ging auf einmal ein Licht an – um nach wenigen Augenblicken wieder zu erlöschen.

Als ob es mir zugeblinzelt hat.

Es war ein seltsamer Gedanke, der Felix da durch den Kopf ging. Und doch fühlte er kein Unbehagen, eher große Neugier, was es mit dem Haus auf sich hatte.

Als ob es mir zugeblinzelt hat.

Nun fiel ihm ein, dass sie an dem Haus vorbeikommen würden, wenn sie die Kurve nahmen. Ein Zufall?

Sieh es dir an. Was hast du schon zu verlieren?

Er zögerte – dann fasste er einen Entschluss. „Wartet mal, Leute."

Die drei wandten sich ihm zu.

„Ich habs mir anders überlegt. Kurve klingt gut."

„Wie jetzt – und dein heißgeliebtes Mathe?" Mila zog die Augenbrauen hoch.

„Bringt mir der Boss im Nullkommanichts bei. Hat er jedenfalls gemeint."

„Ist auch so", bekräftigte Daniel. „Den neuen Stoff kapierst sogar du."

„Sehr nett." Felix knuffte Daniel spielerisch auf die Schulter. „Also los."

DAS HAUS AM ENDE DER STRASSE

Sie gingen über den schmalen Gehsteig neben dem Park. Mila fuhr auf ihrem Board voraus, die anderen hatten ihre Gefährte abgeschlossen am Hauptplatz zurückgelassen. Diese hätten sie in der Kurve nur behindert, vor allem bei der Treppe am Schluss.

Die Bäume, welche den Park begrenzten, wirkten wie eine schwarze Mauer. Die vier Freunde wussten, dass sich hinter dieser Mauer harmlose Spielplätze befanden, dazu Feuer- und Picknickstellen. Aber jetzt am Abend bestand der Ort vor allem aus Dunkelheit. Die mied man besser, und deshalb führte die Kurve auch neben dem Park entlang und nicht direkt hindurch.

Auf einmal hörten sie ein Auto hinter sich.

„Deckung!", rief Felix.

Sie machten einen Satz zwischen den Bäumen hindurch und verbargen sich hinter den breiten Stämmen. Zwar war es erst kurz vor neun, aber Dreizehnjährige sollten sich um diese Zeit nicht unbedingt draußen alleine herumtreiben. Dann schon lieber verstecken und nicht riskieren, dass jemand stehenblieb und unangenehme Fragen stellte.

Als das Auto vorbeifuhr, lugte Daniel hinter dem Baum hervor. Es war ein Polizeiwagen! Erschrocken zuckte er zurück und deutete den anderen mucksmäuschenstill zu sein. Diese nickten stumm.

Die Scheinwerfer verschwanden. Die vier warteten noch einen Augenblick, dann kamen sie aus ihrem Versteck heraus.

„Glück gehabt." Die Erleichterung in Daniels Stimme war unverkennbar.

„Ach was. Ich hätte dem Sheriff schon erklärt, was Sache ist." Mila, wer sonst.

Daniel schüttelte den Kopf. „Erstens haben wir keinen Sheriff, sondern normale Polizisten. Und zweitens: Spiel. Dich. Nicht. Immer. So. Auf!"

Mila grinste nur.

„Frieden, Leute. Spart euch eure Energie für den Kinoraum." Felix senkte die Stimme. „Was für einen Schocker hat unser Zeremonienmeister denn heute vorbereitet?"

„Das wirst du schon sehen. Nur so viel – es wird riiiiiiichtig finster", meinte Daniel.

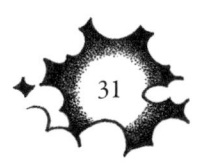

Sie ließen den Park hinter sich. Die Straße führte aufwärts, wenig später gelangten die vier zum Friedhof und der Kirche. Der hohe, spitze Turm mit den Glocken zeichnete sich gegen den Vollmond ab, warf einen Schatten über die Straße.

Wie eine Messerklinge, dachte Felix.

Das Licht in dem Haus am Hügel fiel ihm wieder ein. Für einen kurzen Moment hatte er ein mulmiges Gefühl im Bauch, denn das Haus war nicht mehr weit entfernt. Vielleicht war das Ganze doch nur Einbildung gewesen? Gut, dass er seinen Freunden nichts gesagt hatte. Er konnte sich lebhaft vorstellen, wie Mila ihn genüsslich auf die Schippe nehmen würde, wenn er sich geirrt hatte. *Achtung Felix, geh nicht auf das unheimliche Liiicht in dem alten Hauuuus zu.* Nein danke, darauf konnte er gerne verzichten.

Sie passierten das Tor zum Friedhof. Das Mondlicht fiel auf Gräber und Kreuze, rote Grabkerzen flackerten im Wind.

„Irgendwie komisch. Bis auf den Polizeiwagen haben wir niemanden getroffen", brach Emily die Stille.

„Deswegen haben wir diese Route damals doch ausgewählt." Daniel runzelte die Stirn. „Weil da am Abend nichts los ist. Wenn wir Gesellschaft wollen, können wir gleich zu dir nach Hause und mit deinen Geschwistern spielen."

„Weiß ich ja." Emily blickte um sich. „Aber heute wirkt alles wie – ausgestorben."

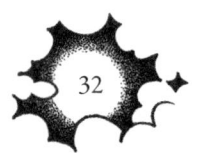

„Na, passt doch." Felix deutete zu den Grabsteinen. Doch als er sah, dass Emily das nicht so lustig fand, bereute er seinen dummen Scherz. „Sorry. Hast ja recht, heute ist es extra gruselig."

„Schon okay", erwiderte sie. „Machen wir, dass wir weiterkommen."

Sie ließen den Friedhof hinter sich und bogen in die kopfsteingepflasterte Straße ein, die wieder in Richtung Stadtzentrum hinabführte.

Die Gebäude, welche die Straße säumten, gehörten zu den ältesten in Eschenfeld. Einige waren verlassen und sahen im Licht des Vollmonds richtig unheimlich aus – abbröckelndes Mauerwerk, Fenster, die wie aufgerissene Augen wirkten, Türen, die schief in den Angeln hingen …

Nun schrie auch noch ein Käuzchen.

„Na wenigstens sind wir nicht allein." Daniel grinste kläglich. Aber niemand ging auf seinen Scherz ein.

Gleich darauf teilte sich die Straße. In der einen Richtung ging es zur Treppe, die sich zur Stadt hinunter schlängelte. In der anderen kam man zu einer Sackgasse, an deren Ende ein Gebäude in einem verwilderten Garten stand. Mit seiner Größe, den spitzen Giebeln und der breiten Eingangstür glich es eher einem alten Ansitz.

Es war das Haus auf dem Hügel.

Und über seiner Eingangstür brannte ein Licht.

EIN KLOPFEN
IN DER NACHT

„Seltsam", meinte Mila. „Hier wohnt doch schon seit Jahren niemand mehr."

„Offenbar doch." Felix starrte das Haus an. Fast magisch zog es ihn vorwärts. „Was haltet ihr davon, wenn wir einen Blick hineinwerfen?"

„Bist du verrückt?" Daniel riss die Augen auf. „Das ist Hausfriedensbruch. Und überhaupt – genau so fangen Gruselfilme an. Jemand geht neugierig in ein verlassenes Haus bei Vollmond. Sicher nicht!"

„Ich bin Daniels Meinung", sagte Emily. „Gehen wir lieber."

„Da muss ich mich ausnahmsweise anschließen", meinte nun auch Mila. „Die Bude kommt mir komisch vor."

Felix überlegte, gab sich schließlich einen Ruck. „Okay, dann erzähl ich es euch. Vorhin, am Hauptplatz unten, also –" Er brach ab.

Die drei sahen ihn erwartungsvoll an.

„Da hab ich das Haus gesehen. Es war dunkel. Dann ging auf einmal ein Licht an, dann gleich wieder aus."

Schweigen.

„Jaaaaa?" Mila machte eine auffordernde Handbewegung. „Kommt da noch eine Pointe?"

„Ich weiß auch nicht." Felix holte tief Luft. „Irgendwie hatte ich das Gefühl, dass wir da hinmüssen. Dass das Haus … uns einlädt."

„Eine Einladung? Auf was? Auf Tee, Kekse und eine Nacht des Grauens?" Daniels Stimme verriet, dass er seinen Freund für nicht ganz dicht hielt.

„Ich denke auch, dass das keine gute Idee ist. Außerdem wird mir langsam kalt." Emily blies sich in die Finger. Ihr Atem war deutlich zu sehen.

Felix merkte, wie fadenscheinig seine Geschichte klang. Er konnte es seinen Freunden kaum verdenken, dass sie ihm nicht glaubten. Aber sein Entschluss stand fest. „Dann geh ich allein. Bleibt hier, ich bin gleich wieder da."

Emily und Daniel blickten ihn ungläubig an.

Der Wind wurde stärker, brauste um das Haus, über dessen Dach der Mond zu sehen war.

Zu Felix' Überraschung hakte Mila sich bei ihm ein. „Man kann dir ja viel vorwerfen – wofür du nichts kannst, Jungs sind

halt so – aber du bist keiner, der einem was vormacht. Bin dabei!"

Nach kurzem Zögern nickte Emily. „Okay. Ich auch."

Nun war nur noch Daniel übrig. Er seufzte. „Na super. Aber dass mir keiner hinterher jammert, wenn wir in einem dunklen Keller aufwachen."

„Danke, Leute. Auf euch kann man sich wirklich verlassen", meinte Felix.

„Schon gut." Mila zog ihn vorwärts. „Und jetzt los, sonst wird das heute alles nichts mehr."

Sie traten durch das geöffnete Tor des schmiedeeisernen Zaunes. Steinerne Platten führten durch das hohe Gras des Gartens, der von ungeschnittenen Hecken, verwilderten Blumenbeeten und einigen Eschen umgeben war.

Verdorrte Blätter raschelten unter den Füßen der vier Freunde. Felix hörte das Klopfen seines Herzens in seinen Ohren. Aber jetzt gab es kein Zurück mehr.

Sie erreichten die drei breiten Stufen, die zum Eingang hinaufführten. Über der Tür brannte eine Laterne. Sie flackerte – dann ging sie aus.

„Warum überrascht mich das nicht?", flüsterte Daniel.

Das Haus türmte sich über den vier Freunden auf, verdeckte den Mond, verdeckte scheinbar überhaupt jedes Licht.

Felix löste sich von Mila und ging langsam die Stufen hinauf.

36

Die Eingangstür war aus massivem Holz. Die alte Sandstein-Fassade wies Flecken auf, die fast wie Wunden aussahen.

Felix erkannte einen altmodischen, aus Messing gefertigten Türklopfer. Er hatte die Form eines Menschenkopfes. Die düsteren Gesichtszüge kamen Felix bekannt vor, doch es fiel ihm nicht ein, wer es war.

Wie in Zeitlupe ergriff er den Türklopfer. Zögerte. Hörte das Rauschen des Windes, das Rascheln der Blätter.

Einen Augenblick hallte ein Klopfen durch das Haus.

Die vier hielten den Atem an.

Langsam öffnete sich die Tür …

VIER FRAGEN

Der Mann, der in der Tür stand, war groß und hager. Sein drei-
teiliger Anzug sah elegant aus, wenn auch ein wenig abgenutzt;
das volle graue Haar über der hohen Stirn war sauber zurück-
gekämmt. Er blickte die vier durchdringend an.

„Kann ich den Damen und Herren helfen?"

„Äh, nein danke. Wir gehen wohl besser." Emily nahm Felix
am Arm, wollte ihn zurückziehen. Aber weder rührte sich Felix
noch ließ er den Mann aus den Augen.

„Das wäre bestimmt vernünftig, junge Dame." Die Lippen des
Mannes kräuselten sich, als ob er ein Lächeln unterdrückte.

„Oder wissen eure Eltern, dass ihr euch um diese Zeit in der

Nacht herumtreibt, noch dazu auf einem fremden Grundstück? Das könnte man fast als, ja als was denn bezeichnen?" Er musterte Daniel.

„Hausfriedensbruch?", fragte dieser zaghaft.

„Korrekt." Der Mann nickte langsam.

Irgendwie hatte Felix das Gefühl, dass sein Gegenüber genau wusste, dass Daniel vorhin beim Zaun das Wort „Hausfriedensbruch" erwähnt hatte.

Mila, unverwüstlich wie immer, versuchte einen Blick ins Innere des Hauses zu erhaschen. „Sind Sie der neue Besitzer? Mit der Bude haben Sie aber ordentlich was zu tun."

„Mila!", entfuhr es ihren Freunden wie aus einem Munde.

Wieder zuckten die Lippen des Mannes. „Sehr erfrischend. Ich schätze ein offenes Wort." Er verbeugte sich altmodisch.

„Ich darf mich vorstellen – mein Name ist Hoffmann. Ich habe dieses Gebäude vor Kurzem erworben." Er machte eine Pause.

„Ich denke, es ist ein würdiger Rahmen für meine Bibliothek." Nachdenklich betrachtete er die vier. „Sie würde euch gefallen. Die Bücher darin sind allesamt fantastisch angehaucht."

„Sie meinen gruselig?", erwiderte der hellhörig gewordene Daniel.

„Korrekt."

„Wie kommen Sie darauf, dass uns Ihre Bibliothek gefallen würde?" Leiser Argwohn lag in Felix' Stimme.

„Da muss ich nicht erst den großen Sherlock Holmes spielen …"
Hoffmann brach ab. „Ich hoffe doch, dass ihr wisst, wer das ist?"
„Also bitte." Daniels Stimme war abfällig, fast schon an der
Grenze zur Beleidigung. ‚Der Hund von Baskerville', ‚Das ge-
fleckte Band' …"

„Das genügt." Hoffmann winkte ab. „Also warum weiß ich,
dass ihr Unheimliches mögt, oder zumindest ein Faible dafür zu
haben scheint? Nun, es ist dunkel und ihr seht ein Licht bei einem
vormals verlassenen, einsamen Haus. Ihr geht aber nicht weiter
sondern wollt herausfinden was es damit auf sich hat. Das würden nicht viele in eurem Alter machen, und deshalb, Madames et
Messieurs", er zwinkerte Mila zu, „meine vormalige Schlussfolge-
rung."

Felix fand, dass Hoffmanns Begründung logisch klang. Logisch
und nicht bedrohlich. Der Junge fühlte auch keine Angst, nur leise Beunruhigung. Aber die hätte wohl jeder empfunden, der sich
bei Vollmond vor einem solchen Haus jemandem wie Hoffmann
gegenübersah.

Und neben die Beunruhigung trat wie schon einmal Neugier.
Neugier, was es mit dem Inneren des Hauses auf sich hatte und ob
Hoffmann die Wahrheit über seine Bibliothek gesprochen hatte.
Dass sie im wahrsten Sinne fantastisch war.

Daniel schien ähnlich zu empfinden. „Herr, äh, Herr Hoffmann …"
„Ja?"

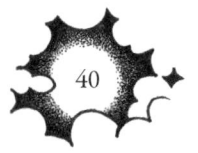

„Dürfen wir vielleicht ein andermal wiederkommen und einen Blick in Ihre Bibliothek werfen?"

Hoffmann wiegte den Kopf nachdenklich hin und her. „Das wird schwierig. Man erweist dem Unheimlichen am angemessensten Respekt, wenn man sich ihm bei Vollmond widmet. Meine Bibliothek ist deshalb auch nur in Vollmondnächten geöffnet." Er hob seinen Finger, wie ein Lehrer, der einen wichtigen Leitsatz verkündet. „Wenn ihr also heute nicht hineingeht, fürchte ich, dass ihr erst in einem Monat die nächste Chance dazu bekommen werdet."

„Das ist ein Scherz, oder?", fragte Felix verblüfft.

„Sehe ich aus, als ob ich scherze, Herr Bergmann?"

Stille.

Felix wich einen Schritt zurück. Seine Freunde taten es ihm gleich. „Woher wissen Sie meinen Namen?"

„Ich weiß so manches." Hoffmann lächelte. Es war ein vertrauensvolles, warmes Lächeln, wie ein Ofenfeuer an einem kalten Winterabend. „Ich kann euch aber versichern, dass euch von mir keine Gefahr droht. Im Gegenteil: Meine Bibliothek wird euch eine neue Welt eröffnen."

Niemand antwortete.

„Ihr könnt euch gerne kurz beraten. Aber wartet nicht zu lange – die Nacht währt nicht ewig." Hoffmann lehnte sich an den Türstock und verschränkte die Arme.

Die vier gingen die Stufen hinunter. Bei einer der Eschen, deren Äste sich im Wind bogen, besprachen sie sich.

„Was haltet ihr davon?" Milas Augen leuchteten. „Klingt extrem spannend, oder?"

„Ich weiß nicht." Emily teilte die Begeisterung der Freundin sichtlich nicht. „Woher weiß er Felix' Namen? Und wenn er uns was antut? Hier findet uns bestimmt niemand!"

„Ach was." Mila winkte ab. „Wir sind zu viert, und sei ehrlich – hast du das Gefühl, dass er gefährlich ist?"

„Ich bin Milas Ansicht", sagte Felix. „Und ich würde Herrn Hoffmanns Bibliothek sehr gerne noch heute besuchen. Wer ist dafür?"

Die drei sahen ihn an. Nickten dann unmerklich.

Sie kehrten zu Hoffmann zurück, der immer noch reglos in der Tür stand. Auch wenn sie geflüstert hatten, war sich Felix sicher, dass der Mann bereits Bescheid wusste.

„Nun, junge Damen und Herren?"

„Wir sind dabei", meinte Felix.

Hoffmann runzelte die Stirn.

„Er meint damit, dass es überaus zuvorkommend wäre, wenn wir Ihre Bibliothek besuchen könnten." Daniel machte eine entschuldigende Handbewegung. „Verzeihen Sie meinem Freund. Er ist eine Sportkanone, aber seine Umgangsmethoden lassen zu wünschen übrig."

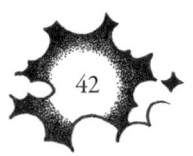

Mila und Emily grinsten, während Felix nur mit den Augen rollte.

„Nun gut." Hoffmann machte keine Anstalten zur Seite zu treten, hob stattdessen wieder den Finger. „Jedoch darf in diese Bibliothek nur, wer guten Mutes ist und bewandert im Schaurigen, Makabren, Fantastischen. Dass ihr mutig seid, habt ihr bewiesen. Was das andere betrifft, kann eine kleine Überprüfung nicht schaden." Während er sprach, hatte Hoffmann Felix nicht aus den Augen ausgelassen. „Beginnen wir bei dir. Welcher Gast kommt niemals ungeladen?"

Felix überlegte kurz, dann hatte er es. „Der Vampir. Er muss von seinem Opfer immer in dessen Haus eingeladen werden, sonst darf er nicht hinein."

„Korrekt." Hoffmann wandte sich an Emily. „Und ihr, hübsches Fräulein – wisst Ihr den schottischen See, in dem angeblich ein Ungeheuer haust?"

„Loch Ness", antwortete Emily ohne zu zögern.

„Korrekt." Er sah Mila an. „Fräulein Nassforsch – wie hieß jener verfluchte Wissenschaftler, der neues Leben erschaffen wollte und dabei ein Monster auf die Welt los ließ?"

Auch Mila musste kaum überlegen. „Das war der gute alte Frankenstein."

„Doktor Frankenstein bitte. So viel Respekt muss sein."

Nun kam Daniel an die Reihe. Der schluckte. Auch die anderen

drei waren gespannt, nur mehr eine Antwort trennte sie von der Bibliothek.

„Junger Mann", Hoffmann machte eine theatralische Handbewegung, „wie hieß das geheimnisvolle Segelschiff, das vor über 150 Jahren verlassen im Meer aufgefunden wurde, die Besatzung spurlos verschwunden, der Kaffee noch dampfend in den Bechern?"

Felix hatte keine Ahnung von einem solchen Schiff. Aber wer, wenn nicht der größte Gruselfan in ihrer Runde würde die Frage beantworten können? So dachte er zumindest, doch wenn er ehrlich war, sah Daniel ziemlich ahnungslos aus.

„Hm …" Daniel kniff die Augen zusammen.

„Komm schon", drängte Felix.

„Immer langsam." Daniel dachte weiter sichtlich angestrengt nach. Seine drei Freunde hielten die Spannung kaum aus.

Plötzlich hellte sich das Gesicht des schmächtigen Jungen auf. „Das war die Mary Celeste."

Hoffmann war sichtlich beeindruckt. „Korrekt. Ihr vier seid wahrlich würdig."

Er trat einen Schritt zur Seite und gab den Weg ins Innere des Hauses frei.

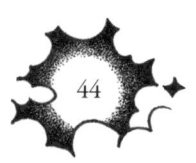

DAS REICH DES HERRN HOFFMANN

Hoffmann schloss die Tür hinter ihnen.

„Herr Hoffmann …“, wandte sich Felix an ihn.

„Ja?“

„Der Türklopfer, also der Mann …“

„Kommt er dir bekannt vor?“

„Irgendwie schon.“

„Das hoffe ich doch. Es ist Edgar Allan –“

„Poe.“ Felix schlug sich gegen die Stirn. „Natürlich.“

Daniels Eltern besaßen eine Gesamtausgabe des amerikanischen Schriftstellers, mit wunderbar unheimlichen Zeichnungen. Am Umschlag war ein Bild von Poe, mit dunklen Augen und Haaren und einem Schnurrbart. Felix hatte sich das Buch einmal ausgeliehen und nicht alle Geschichten darin verstanden, aber er war fasziniert gewesen von der schauerlichen Atmosphäre, die darin herrschte.

„Es ist meines Lieblingsautors mehr als würdig, dass er alle meine Gäste begrüßt", sagte Hoffmann.

Die vier gingen weiter ins Innere des Hauses. Wenn sie sich nach Hoffmanns Aussage erwartet hatten, dass sich nun eine magische Welt auftat, wurden sie enttäuscht. An die Diele schloss sich eine kleine Halle an, von der eine breite Treppe in das Obergeschoß führte. Altmodische Lampen verbreiteten gedämpftes Licht und konnten den Staub nicht verbergen, der auf den Wänden, den Bildern und den alten Möbeln lag.

„Tja, das ist …" Mila brach ab.

„Nicht sehr beeindruckend?"

Sie fuhren herum. Eine Frau betrat die Halle. Sie war jung, hatte schwarze Haare und trug einen Eimer und einen Wisch-mopp. „Ich kann euch gut verstehen. Aber gebt mir noch ein paar Tage, dann wird dieser staubige Klotz" – die Frau deutete mit dem Mopp um sich – „in neuem Glanz erstrahlen."

„Ich finde nicht, dass du diesem Gebäude die, hm, Ehrfurcht, erweist, die ihm zusteht", meinte Hoffmann etwas missmutig.

„Sei nicht so steif, Vater." Sie stellte den Eimer ab. „Das sind also die vier?"

„Das sind sie." Hoffmann machte eine schwungvolle Hand-

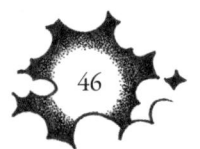

bewegung. „Ich darf vorstellen – Felix, Emily, Mila, Daniel. Und das ist meine Tochter Leonore."

„Wie im Gedicht ‚Der Rabe'." Leonore nickte Felix und den anderen zu. Die dunklen, durchdringenden Augen hatte sie offensichtlich von ihrem Vater geerbt, doch in ihren lag mehr Humor.

„Sie müssen Poe wirklich lieben, Herr Hoffmann", sagte Daniel.

„Wer das nicht tut, hat keine Ahnung von Literatur", erwiderte dieser.

Felix lag etwas anderes am Herzen. Das sind also die vier, hatte Leonore vorhin gemeint. Es klang fast so, als ob sie erwartet worden waren. Dass Herr Hoffmann zudem alle ihre Vornamen kannte, war da fast schon nebensächlich.

Sollte er etwas sagen? Oder einfach abwarten, was weiter geschah?

Hoffmann nahm ihm die Entscheidung ab. „Leonore, bist du so nett und bringst unseren Gästen Tee? Wir trinken ihn in der Bibliothek. Ihr mögt doch Tee?"

„Aber klar." Milas Stimme war trocken. „Tee, unser Haus- und Hofgetränk …"

Felix stöhnte innerlich. Warum konnte Mila nie den Mund halten? Natürlich trank man in der Welt der vier Freunde nur Tee, wenn man krank oder im Winter durchgefroren war. Aber sie befanden sich hier in einer anderen Welt und durften ihren Gastgeber nicht provozieren.

„Dann ist es ja gut." Hoffmann hatte sich offenbar dafür entschieden, Milas Sarkasmus zu ignorieren und ihr damit den Wind
aus den Segeln zu nehmen. Ihrem sauren Gesichtsausdruck nach
zu schließen, war ihm das auch gelungen.

Sie folgten ihrem Gastgeber durch die Halle in einen weiteren
Gang, an dessen Wänden Spiegel und altertümliche Porträts in
verzierten Rahmen hingen.

Am Ende des Ganges befand sich eine Tür. Hoffmann öffnete
sie. „Da wären wir."

Gespannt traten Felix und seine Freunde über die Schwelle.

Ein großer Raum lag vor ihnen. In der Mitte stand ein Tisch
mit mehreren gepolsterten Sesseln. In einem Kamin brannte ein
Feuer, durch das Fenster blickte der Vollmond. Doch weder das

Feuer noch die Strahlen des Mondes reichten aus um die unzähligen, meterhohen Bücherregale zu erhellen, die sich über den
Großteil des Raumes erstreckten.

„Ich habe die Zwischenwände herausnehmen lassen. Die
Bibliothek nimmt fast die Hälfte des gesamten Hauses ein."
Hoffmann deutete um sich. „Was sagt ihr zu meinem kleinen
Reich?"

„Beeindruckend", meinte Daniel, und doch war seiner Stimme
so etwas wie Enttäuschung anzumerken. Den anderen ging es
gleich. Denn was sie hier vor sich sahen, war letztendlich nur
eine Bibliothek. Nicht mehr und nicht weniger als die in der
Schule oder die öffentliche der Stadt Eschenfeld.

Sie hatten gerade am Tisch Platz genommen, da kam auch
schon Leonore herein. Sie trug ein Tablett mit einer dunkelblauen
Teekanne, vier Porzellantassen und einem Keramikschälchen. Sie
stellte das Tablett auf dem Tisch ab, schenkte Tee ein und wies
auf das Schälchen. „Nehmt zum Süßen ruhig Honig. Ich tue das
gern."

Felix befolgte ihren Ratschlag und kostete das heiße Getränk
dann vorsichtig. Es schmeckte herrlich.

„Gut?" Hoffmann blickte ihn erwartungsvoll an.

„Oh ja."

Hoffmann nickte zufrieden. „Das ist eine ganz exklusive Sorte,
die ich mir eigens aus England schicken lasse. Wenn es draußen

kalt ist und man hier in der Bibliothek eine Tasse trinkt, vermeint man fast London vor sich zu sehen, ein verschneites Charles Dickens-London, Big Ben, neblige Straßen …"

Eine kurze Pause.

„Wer ist Charles Dickens?", fragte Mila.

„Das habe ich nicht gehört", erwiderte Hoffmann scharf.

„Ach, Vater!" Leonore schüttelte amüsiert den Kopf. „Lasst euch nicht einschüchtern. Dickens war ein weltberühmter Schriftsteller. Er schrieb ‚Oliver Twist', oder vielleicht kennt ihr die ‚Weihnachtsgeschichte'? Mit dem alten Scrooge, der an Weihnachten ein weiches Herz bekommt?"

„Ja, da haben wir den Film gesehen", antworteten die vier fast einstimmig.

„Das lasse ich gelten. Manchmal muss man mit der Zeit gehen." Hoffmann lächelte wieder.

Die vier tranken ihren Tee und wussten irgendwie nicht, was sie sagen sollten.

„Nun, Herrschaften." Hoffmann beugte sich vor. „Ich nehme an, ihr wart etwas enttäuscht, als ihr hier hereinkamt. Es ist ja nur eine Bibliothek, habt ihr wahrscheinlich gedacht."

Die Gesichter der Freunde verrieten, dass Hoffmann ins Schwarze getroffen hatte.

„Ich kann euch aber versichern", fuhr er fort, „dass sie genau das nicht ist."

Er schwieg. Im Raum war es still, nur das Knistern des Kamin-
feuers und der Wind von draußen waren zu hören.

Und noch etwas anderes. Eine Art Flüstern.

Es kam von den Büchern.

Felix und die anderen blickten verwirrt zu den Regalen.

„Geht ruhig hin", meinte Leonore.

Sie standen auf. Gingen langsam zu den Regalen. Sahen die
unzähligen ledergebundenen Buchrücken, Taschenbücher, teils
sogar Manuskripte, die schon ganz vergilbt waren.

„Vampire, Werwölfe, Hexen, Monster, Spukhäuser, Dämonen,
unerklärliche Phänomene – es gibt keine Legenden und fantastischen Themen, die euch die Vollmondbibliothek nicht bieten
kann."

Hoffmanns Stimme waberte durch den Raum, und auf einmal
hatten Felix und die anderen Bilder vor den Augen. Schwarze,
verwachsene Wälder taten sich vor ihnen auf, in denen Männer
mit Fackeln ein wölfisches Wesen jagten; die labyrinthischen
Gänge eines alten Spukhauses drohten sie zu verschlingen; aus
sturmgepeitschten Sümpfen schleppten sich klauenbewehrte
Gestalten auf sie zu; Gräber in verlassenen Friedhöfen raunten
geheimnisvoll, spitze Zähne wurden im kalten Mondlicht gebleckt …

„Wow." Daniel prallte von den Bücherregalen zurück. „Was ist
das denn? Haben Sie hier einen Projektor und eine Sound-Machine
versteckt?"

„Ich kann dir versichern, dass ich keine Sound-Machine versteckt habe." Hoffmann deutete auf die Bücher. „Das kommt
alles von ihnen."

Ein Holzscheit knackte im Feuer.

„Dies ist kein gewöhnliches Haus und keine gewöhnliche Bibliothek", fuhr Hoffmann fort. „Ich sagte ja schon, dass ihr hier alles erfahren könnt, was euch an fantastischen Themen am Herzen
liegt. Und wenn ich erfahren sage, dann meine ich das. Hier lesen
wir keine Bücher, das kann jeder. Hier", er machte eine Bewegung mit der Hand, als ob er in etwas tauche, „hier gehen wir in
die Bücher hinein."

Stille.

Dann schüttelte Mila den Kopf. „Kauf ich nicht."

Leonore lächelte. „Es klingt surreal, ich weiß. Aber ihr könnt
meinem Vater vertrauen. Was ihr heute Nacht erlebt, werdet ihr
nie wieder vergessen."

„In jeder Vollmondnacht gibt es allerdings nur ein bestimmtes
Gebiet, dem wir uns widmen werden", fügte Hoffmann hinzu.
„Einer von euch kann sich dieses wünschen."

„Und wenn wir ja sagen – wer wäre dann dran?", fragte Emily.

Hoffmann deutete auf Felix. „Herr Bergmann scheint mir der
Geeignetste. Wenn er denn bereit ist."

Seine Freunde wandten sich Felix zu. Was würde er sagen?

Der überlegte kurz. Sie konnten natürlich einfach gehen.

Andererseits erlebte man so etwas wie hier nicht alle Tage, und sogar wenn Herr Hoffmann ein Schwindler war, war er es in großem Stil: das Haus, die Bibliothek, das Flüstern … Und wer einen Türklopfer mit dem großen Edgar Allan Poe hatte, konnte kein ganz schlechter Mensch sein. Das würde Daniel wahrscheinlich vollen Herzens unterschreiben.

Außerdem – seit er hier war, hatte er zum ersten Mal seit Tagen nicht an seine streitenden Eltern gedacht.

Hoffmann nickte ihm zu, als hätte er seine Gedanken gelesen. „Manchmal muss man alles hinter sich lassen, um vorwärts zu kommen."

„Also gut." Felix fuhr sich mit der Hand durch die Haare und war sich nicht bewusst, dass er damit eine Geste seines Vaters nachahmte. „Ich mache es! Und ich würde gerne mehr über Vampire erfahren."

„Die Wesen der spitzen Zähne und modrigen Grüfte." Hoffmann nickte beifällig. „Eine gute Wahl." Er stand auf. „Wollen wir?"

„Ich komme auch mit." Leonore band sich ihre Haare zusammen. „Es ist gut, einen Advocatus Diaboli dabei zu haben, wenn man mit meinem Vater unterwegs ist."

„Einen was?", fragte Felix.

„Anwalt des Teufels auf Latein", antwortete Daniel an Hoffmanns Stelle. „Mein Vater hat es mir mal erklärt. Das ist jemand, der die Stelle der Gegenpartei einnimmt und für sie argumentiert, egal wie schlimm sie ist."

Leonore nickte. „Mein Vater ist ein Liebhaber des Fantastischen und Übernatürlichen. Viele zweifeln dieses jedoch an und haben dabei gute Argumente. Ich werde ab und zu für sie sprechen, damit ihr beide Seiten kennenlernt."

„Manchmal glaube ich dass du das nur machst um mich zu ärgern, Leonore", meinte Hoffmann.

„Das würde ich doch nie tun, Vater", erwiderte Leonore so treuherzig, dass die vier Freunde grinsen mussten.

„Hmja. Also – seid ihr vier bereit?", wandte sich Hoffmann an Felix und die anderen.

Ihr „Ja" war einstimmig.

Hoffmann erhob sich und klatschte in die Hände.

Das Kaminfeuer erlosch.

GEFAHR AUS DEN LÜFTEN

Die eine Hälfte der Bibliothek wurde notdürftig vom Mond erhellt, der durch die staubigen Fenster schien. Die andere mit den Regalen lag im Dunkel.

„Ich nehme an, ihr kennt euch ein wenig mit Vampiren aus", begann Hoffmann. „Sie brauchen Blut wie wir unser Essen, und wenn sie sich genug an ihren Opfern gelabt haben, sterben diese und werden ebenfalls zu Vampiren."

„Genau", sagte Daniel. „Dazu fürchten sie die Sonne und

schlafen deshalb bei Tag, haben kein Spiegelbild, können sich in Fledermäuse verwandeln ..."

„Korrekt", meinte Hoffmann anerkennend, „wenngleich nicht immer alle Merkmale zutreffen müssen. Aber es ist schön zu sehen, dass ihr bereits einiges wisst. Jedoch ..." Seine Stimme wurde eindringlich. „Wissen ist etwas anderes als sehen. Könnt ihr euch vorstellen, wie es ist, den blutsaugenden Wesen wahrhaftig zu begegnen, wie sie bei Nacht ihren Gräbern entsteigen, noch eingehüllt in ihr Leichentuch? Wie sie ihren Opfern auflauern, über sie herfallen und ihnen spitze Zähne in den Hals bohren, ihnen ihr Blut aussaugen ..."

Hoffmanns Silhouette zeichnete sich nur undeutlich im Halbdunkel der Bibliothek ab. Felix und die anderen schluckten. Wie vorhin hatten sie plötzlich Bilder vor Augen, starrten in totenbleiche Fratzen, die ihre Fangzähne entblößten ...

Dann flammte ein Streichholz auf. Gleich darauf erhellte eine Kerze das Dunkel, zumindest ein wenig.

Es war Leonore, die die Kerze hielt. „Vater!" Vorwurfsvoll gab sie Hoffmann einen Klaps auf die Schulter. „Mach unseren Gästen nicht jetzt schon zu viel Angst."

„Werte Tochter, es heißt Vollmondbibliothek und nicht Blumenwiesenbibliothek", verteidigte sich Hoffmann. Er blickte Felix und die anderen an. „Oder ist euch das alles zu gruselig?"

Felix räusperte sich. „Nein. Aber die Kerze ist in Ordnung."

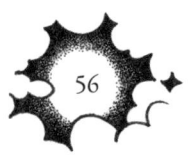

„Dann los." Hoffmann drehte sich um und ging langsam zwischen den Regalen hindurch.

Die vier Freunde sahen, dass die Bücher nun rötlich schimmerten. Emily nahm Felix' Arm.

„Keine Sorge. Uns wird schon nichts geschehen", flüsterte er.

Emily nickte, sagte aber nichts.

Hoffmann ließ seine Finger über die Buchrücken gleiten.

„Vampir, Vapir, Dhampir, Wurdalak, Pamgri – wie immer man die Wesen der Nacht auch nennt, das Wort kommt wahrscheinlich aus dem slawischen Raum, aus Rumänien, Ungarn, Bulgarien etc. Was es genau heißt, ist umstritten, aber es hat mit geflügelten Wesen, Zähnen und trinken zu tun. Was sonst?"

Bei einem bestimmten Buch verharrten Hoffmanns Finger. Es war in dunkelrotes Leder gebunden und stand etwas abseits der anderen.

Felix spürte auf einmal die Andeutung eines überwältigenden Grauens und war froh, als Hoffmann das Buch wieder losließ und weiterging. Schnell zog er Emily vorbei.

„Uralt ist er auf alle Fälle, der Geflügelte, Bluttrinkende …", fuhr Hoffmann fort. Seine Worte streiften unheilvoll durch den Raum. Und auf einmal veränderte sich alles.

Bücher und Regale wichen von den vier Freunden zurück. Ein Flüstern wie aus tausend Mündern kam auf. Mit dem Flüstern wuchs die Flamme der Kerze in Leonores Hand, wurde so grell,

dass die vier Freunde für einen Augenblick die Augen
schlossen.

Als sie sie wieder öffneten, war die Bibliothek verschwunden.
Sie fühlten weichen Sand unter den Füßen und spürten flirrende
Hitze. Und erkannten, dass sie sich mitten in einer Wüste befanden, in der Ferne steinerne Monumente, die sich pyramidengleich
in den Himmel reckten!

„Wo – wo sind wir?" Emily drückte Felix' Arm fester.

„Ich weiß nicht", antwortete dieser. Auch Daniel und Mila
waren sprachlos und blickten mit großen Augen um sich.

Hoffmann bückte sich und nahm eine Handvoll Sand, ließ ihn
durch seine Finger rieseln. „Meine Damen und Herren, wir befinden uns nunmehr im Vorderen Orient, genauer gesagt im alten
Mesopotamien. Das war neben Ägypten –"

„– eine der ersten großen Kulturen der Menschheit", unter-
brach ihn Daniel aufgeregt. Er war, wen wunderte es, auch
der Geschichte-Fan der vier. „Schon vor 4000 Jahren hatten sie
eine Keilschrift und für diese Zeit enorme wissenschaftliche
Kenntnisse."

„Wieder einmal korrekt, Herr Kortner." Hoffmann wischte sich
den Schweiß von der Stirn. Er zeigte zu den pyramidenförmigen
Bauwerken in der Ferne. „Das dort drüben sind Zikkurate, die
Tempelanlagen Mesopotamiens. Sie –" Er verstummte, horchte

angestrengt. Dann tauschte er einen besorgten Blick mit Leonore und deutete in den Himmel. „Hört ihr das?"

Ein leises Murmeln war aus den Lüften zu vernehmen. Ein Murmeln, das rasch lauter wurde.

„Was ist das?", fragte Felix unbehaglich. Denn was immer sich da näherte klang nicht gerade freundlich.

„Ekkimu werden sie hier genannt. Windgeister, welche das Leben aus den Menschen heraussaugen. Diese Wesen gehören damit zu den ersten Vampiren, die uns überliefert sind."

„Es ist aber Tag. Sind Vampire denn nicht nur in der Nacht unterwegs?", meinte Emily.

„Das gilt für die meisten. Von ganz wenigen ist es anders überliefert. Wie von den Ekkimu." Hoffmann sah weiter angestrengt nach oben. „Doch vielleicht haben wir Glück, und sie bemerken uns nicht."

Plötzlich sahen die vier Freunde Schatten am Himmel. Sie flogen genau in ihre Richtung.

„Das, äh, das sieht nicht so aus als ob sie uns nicht bemerken." Die sonst so coole Mila klang gar nicht mehr cool und machte unwillkürlich einen Schritt zurück.

Immer näher kamen die Schatten. Die peitschenden Laute von Flügelschlägen war zu hören, dazu gierige Schreie.

„Vater!", rief Leonore.

Dieser nickte. „Da vorne ist ein Felsen, hinter dem wir uns verstecken können. Lauft!"

Sie taten wie ihnen geheißen und rannten so schnell sie konnten zu dem Felsen, von dem Hoffmann gesprochen hatte. Seine Zacken streckten sich wie Finger aus dem sandigen Boden heraus.

Felix und die anderen hörten jetzt ganz dicht hinter sich Flügelschlagen und ein Zischen, das wie eine Mischung aus Mensch und Schlange klang.

„Schneller!", feuerte Hoffmann sie an, „sonst sind wir verloren!"

DUNKLE WELTEN

Zu spät, das schaffen wir nie.
Felix keuchte und zog Emily
mit sich. Näher und näher kamen
die Felsen, näher kamen aber auch
die dämonischen Wesen aus der Luft.

Noch drei Meter, noch zwei …
er spürte den heißen, übelriechenden
Atem in seinem Nacken … Klauen,
die sich nach ihm und den anderen
ausstreckten …

Im letzten Augenblick erreichten sie
den Fels, der mehrere Meter hoch und
von Spalten durchzogen war. In diesen
Spalten versteckten sie sich jetzt.

Über ihnen drangen enttäuschte
Laute aus dem Himmel.

„Haut ab", beschwor Felix die
Wesen in seinen Gedanken,
„haut endlich ab. Hier
gibts nichts für euch!"

Die Flügelschläge
entfernten sich. Dann
war es wieder still.

„Das war knapp." Emilys Stimme zitterte.

„Oh ja." Hoffmann wischte sich erneut den Schweiß von der Stirn. „Aber zum Glück erwischen sie einen nur auf freiem Feld. Hier", er strich über das Gestein, „hier können sie nicht herein."

Sie warteten noch kurz, dann verließen sie ihr Versteck.

„Was zum …" Daniel klappte der Mund auf.

Die Landschaft hatte sich verändert. Verschwunden waren Wüste und Tempel. Die vier Freunde standen mit Hoffmann und Leonore auf einem Abhang, der aus ockerfarbener Erde und Geröll bestand. Unter ihnen breiteten sich die blau-grünen Fluten eines großen Gewässers aus, das von weißen Rändern umgeben war. Ein durchdringender Geruch nach Salz lag in der Luft. Am Horizont brauten sich dunkle Gewitterwolken zusammen.

„Wir haben nun das alte Israel erreicht, das Land der Hebräer. Unter uns liegt das Tote Meer." Hoffmann atmete tief durch. „Riecht ihr das? Das Tote Meer ist eigentlich ein See und hat einen so hohen Salzgehalt, dass man sich auf der Oberfläche treiben lassen kann, ohne unterzugehen. Die weißen Ränder, die den See dort unten umgeben, sind übrigens Salzkrusten."

„Und warum sind wir hier?", fragte Felix.

Die Gewitterwolken näherten sich rasch und dehnten sich über den ganzen Himmel aus.

„Dies ist ein Ort mit dunkler Tradition", sagte Hoffmann. „Sodom und Gomorrha sollen hier gelegen haben, die sündigen

Städte, die von Gott vernichtet wurden. So steht es zumindest in der Bibel." Seinen Worten war nicht zu entnehmen, ob er daran glaubte oder nicht. „Vor allem aber trieb Lilith hier ihr Unwesen, die sagenumwobene erste Frau Adams, die sich nach der Vertreibung aus dem Paradies zu etwas anderem wandelte."

Die Wolken waren nun fast unmittelbar über ihnen.

„Seht doch!" Mila zeigte hinauf.

Aus den dunklen Schwaden blickte ein Frauengesicht auf sie hinab, mit sanften Augen und langen, silbernen Locken.

„Sie sieht wunderschön aus", flüsterte Emily.

„Wunderschön", nickte Hoffmann, „und gleichzeitig tödlich. Denn Lilith ist ein vampirischer Luftdämon!"

Das konnten Felix und die anderen nicht glauben. Zu anmutig wirkte das Antlitz des himmlischen Wesens, zu gütig die Augen.

Plötzlich veränderten sich die Augen, wurden zu dunklen Abgründen. Das Gesicht verzog sich zu einer hasserfüllten Grimasse, die silbernen Locken bewegten sich schlangengleich. Das Wesen stieß ein tiefes Lachen aus und stürzte aus den Gewitterwolken auf die vier Freunde hinab.

Diese schrien und hoben abwehrend die Hände. Fast hatte Lilith sie erreicht, da bebte der Boden unter den Freunden. Ein Spalt tat sich auf, der Felix und die anderen verschlang und in gähnende Dunkelheit versinken ließ …

Die Dunkelheit wich. Lilith war verschwunden, ebenso der Abgrund, in den sie gefallen waren.

Die vier lagen am Ufer eines breiten Flusses, der träge vor sich hinfloss. Der Vollmond stand am Himmel.

Felix zitterte immer noch am ganzen Leib, sein Herz schlug wild. Der Angriff des Luftdämons und der Sturz in die Finsternis waren furchterregend gewesen, aber gleichzeitig …

Gleichzeitig fühlte er eine unglaubliche Aufregung, eine Neugier in sich, was sie noch alles erleben würden. Die Gesichter seiner Freunde zeigten, dass es ihnen ähnlich ging.

„Alter Schwede." Mila klopfte sich die Erde von ihren Strümpfen und dem Rock. „Die Überraschungen hören nicht auf."

„Oh, sie haben gerade erst angefangen", sagte Hoffmann, der jetzt mit Leonore auf sie zutrat und ihnen aufhalf. „Der Vordere Orient liegt nun hinter uns, und das alte Arabien mit seinen fürchterlichen Ghulen haben wir uns gespart. Ich wollte ja hin, aber Leonore hasst Ghule."

Leonore schüttelte sich.

„Zu Recht. Wesen mit hundeähnlichen Gesichtern, die auf Friedhöfen hausen und über jeden herfallen, der sich ihnen nähert – nein danke."

„Ehrlich gesagt fand ich die Ekkimu und Lilith aber um nichts harmloser", warf Daniel ein.

„Ja. Eh." Leonore zuckte mit den Achseln. „Manchmal mag

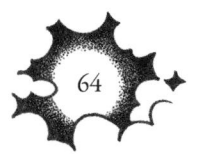

man halt etwas nicht und kann nicht sagen warum. Das kennt ihr ja sicher auch."

Die vier nickten.

„Nun ja. Kehren wir zu unserer Reise zurück." Hoffmann hob seinen Finger. „Auch hier im alten Indien finden wir vampirähnliche Wesen. Zum Beispiel treibt der Baital-Pachisi sein Unwesen, ein fledermausähnlicher Dämon. Besonders aber muss man sich vor den Rákshasas in Acht nehmen."

Ein kehliger Schrei tönte durch die Vollmondnacht. Felix und die anderen sahen sich ängstlich um, aber links und rechts erstreckte sich nur das Ufer des Flusses. Etwas weiter weg erkannten sie die Umrisse eines großen Tempels. Wer oder was auch immer geschrien hatte, verbarg sich im Dunkel der Nacht.

„Die Augen der Rákshasas sollen wie Schlitze sein, ihre Nägel vergiftet."

Wieder erklang der Schrei. Er glich nichts, was Felix bisher in seinem Leben gehört hatte. Der Laut löste tiefe Angst in ihm aus, Emily, Daniel und Mila stand die Furcht ebenfalls deutlich ins Gesicht geschrieben.

„Vater, ich denke, wir sollten es nicht auf eine Begegnung ankommen lassen. Suchen wir den Schutz des Tempels auf", meinte Leonore.

„Da muss ich dir zustimmen. Gehen wir. Aber leise und unauffällig."

So marschierten sie in Richtung des Tempels, dessen goldene Schindeln und spitze Türme im Mondlicht glänzten.

Als sie das Gebäude fast erreicht hatten, sahen sie auf einmal eine Gestalt in den hohen Büschen auf der linken Seite des Weges.

„Ist das ...?", flüsterte Felix.

„Nicht reden", erwiderte Hoffmann ebenso leise. „Sieh den Rákshasa nicht an, geh weiter. Ihr anderen auch."

Sie taten wie Hoffmann befahl. Daniel konnte es sich aber nicht verkneifen und warf einen Blick auf die Gestalt, die stumm in der Dunkelheit stand.

Er sah glühende Augen, krallenartige Hände. Ein breiter Mund entblößte grausige Zähne, die denen eines urzeitlichen Säbelzahntigers glichen. Daniel hatte einen solchen einmal in einem Museum gesehen.

Sein Magen wurde zu einem Eisklumpen. Bevor er es verhindern konnte, entfuhr ihm ein erschrecktes Stöhnen.

Jetzt warf der Rákshasa seinen deformierten Kopf in den Nacken, stieß einen Schrei aus und stürmte auf sie zu.

„Rasch", rief Hoffmann, „in den Tempel!"

Sie rannten mit aller Kraft, die sie aufbringen konnten. Und doch holte das Wesen hinter ihnen gnadenlos auf. Näher kam es, immer näher ...

Auf einmal stolperte Emily und fiel zu Boden. Der Rákshasa schrie triumphierend, warf sich mit einem Sprung auf das hilflose

Mädchen. Aber schon war Felix da, zerrte sie hoch und riss sie mit sich.

Der Rákshasa prallte auf die leere Stelle, an der eben noch Emily gelegen hatte. Er brüllte auf, stürzte dann hinter Felix und Emily her.

Hoffmann und die anderen hatten bereits das Eingangstor des Tempels erreicht.

„Nun macht schon, ihr beiden", winkte Mila hektisch.

Keuchend, mehr stolpernd als laufend, den Rákshasa dicht hinter sich, erreichten sie das Eingangstor des Tempels und warfen sich mit einem letzten Satz hinein.

Leonore, Mila und Daniel schlugen das Tor zu. Besser gesagt sie wollten – der Rákshasa hatte jedoch die Hand dazwischen. Er schrie wütend, versuchte mit aller Kraft das Tor von außen aufzudrücken.

Nun halfen auch Felix und Emily, obwohl sie von ihrer Flucht zu Tode erschöpft waren. Ganz langsam, Zentimeter um Zentimeter, gelang es schließlich das Tor zu schließen. Schweißgebadet lehnten Leonore und die Freunde sich mit ihren Rücken dagegen.

Wieder und wieder erbebte das Tor unter heftigen Schlägen.

„Wird es halten?", meinte Mila.

„Das will ich doch hoffen", erwiderte Hoffmann, der jetzt mit einer Fackel zu ihnen trat. „Wir haben heute noch einiges vor."

Die Schläge wurden weniger heftig, hörten schließlich ganz auf. Der Schrei ertönte wieder, dann war es still.

Sie ließen das Tor los. Mit klopfenden Herzen gingen sie ein paar Schritte nach hinten.

Nichts geschah.

Jetzt erst atmeten sie tief durch. „Ich danke dir", flüsterte Emily Felix zu. „Wenn du nicht gewesen wärst …"

„Ach was. Dann hätten dich schon die anderen gerettet", wiegelte Felix ab. Obwohl ihm die Flucht vor dem Rákshasa immer noch in den Knochen steckte, ging ihm Emilys Dankbarkeit durch und durch.

„Alle wieder bereit und guten Mutes?" Hoffmann leuchtete mit seiner Fackel über die Freunde.

„Bereit, wenn Sie es sind." Mila salutierte.

„Dann wollen wir mal sehen …" Hoffmann machte ein paar Schritte vorwärts in die Eingangshalle, die von hunderten Kerzen erhellt war. Fremdartige, vielarmige Götzenbilder blickten den Eindringlingen entgegen. Den hinteren, altarähnlichen Teil der Halle beherrschte eine mächtige Buddha-Figur.

„So eine Figur habe ich schon mal gesehen." Felix zeigte zu dem Buddha. „In einem chinesischen Restaurant."

„Wir sind aber nicht in China, sondern Indien", erwiderte Daniel.

„Nein, nein, Herr Bergmann hat schon Recht. Mit dem Schritt in den Tempel haben wir einen Schritt nach China getan."

Hoffmann führte die Freunde nach vorne zu den Figuren. Etwas abseits des Buddha stand eine kleine Statue, die er nun behutsam in die Hand nahm.

„Diese hier wird nicht angebetet wie die anderen", sagte er. „Hier wird gebetet, um sie und die Wesen, die sie repräsentiert, in Bann zu halten."

Die Statue war kunstvoll gefertigt, das Gesicht blass, die Haut grünlich-weiß, die Nägel lang und spitz. „Eine persönliche Begegnung mit einem chinesischen Vampir möchte ich tunlichst vermeiden, denn gegen ihn ist der Rákshasa ein zahmes Lämmchen. Diese Statue muss ausreichen."

Er reichte Felix die Statue. Sie lag irgendwie unangenehm in seinen Händen, warm und pulsierend. Er schüttelte sich und gab sie Daniel weiter. Der verzog das Gesicht wie Felix. „Puh. Gut, dass wir diese Wesen nicht treffen." Er wollte sie Emily geben, aber die wehrte ab.

„Danke, euer Gesicht spricht Bände. Ich glaub auch so, dass sie gefährlich sind."

Hoffmann stellte die kleine Statue mit größter Sorgfalt wieder an ihren Platz zurück. Dann spitzte er den Mund und blies über die unzähligen Kerzen. Sie verlöschten gleichzeitig, Finsternis legte sich über alles.

DER RUF DES VERDERBENS

In der Finsternis lag auf einmal ein intensiver Geruch nach Meer, warmer Erde und Olivenbäumen. Felix kannte diesen Geruch nur zu gut. Er erinnerte ihn an den Urlaub vom letzten Jahr. „Sind wir jetzt etwa in Griechenland, Herr Hoffmann?"

Langsam erhellte sich alles wieder. Die Freunde erkannten, dass sie sich nicht mehr im Tempel, sondern im Freien befanden, genauer gesagt in einem Dorf. Die Häuser waren aus weißem Stein gefertigt, der das Mondlicht reflektierte. In der Ferne schimmerte das nächtliche Meer.

„Korrekt, Herr Bergmann. Aber dies hier ist nicht dein Urlaubsgriechenland, sondern das alte Griechenland, in dem Zeus

und seine Götter regierten. In dem die Lamien und Empusen ihr Unwesen trieben, gespenstische, vampirähnliche Frauen."

„Bisher haben wir recht viele weibliche Vampirwesen kennengelernt, meinen Sie nicht?" Mila runzelte die Stirn.

„Ganz deiner Meinung." Leonore nickte. „Wo bleibt da die Gleichberechtigung? Her mit den männlichen Vampiren!"

„Oh, dazu kommen wir noch. Verlasst euch drauf." Hoffmann sah sich um. Ein Haus stand etwas abseits, aus den schmalen Fensterritzen war Licht zu sehen. „Gehen wir da hinein, es ist nicht gut zu dieser Zeit im Freien zu sein."

„Wieso hab ich das gewusst", kommentierte Daniel.

Sie öffneten eine Seitentür und betraten leise das Haus. Aus einem Raum vor ihnen drang Gemurmel. Hoffmann deutete den anderen still zu sein, dann lugten sie um die Ecke: Männer und Frauen saßen in fremdartiger Tracht an einem groben Esstisch. Die Hände hatten sie gefaltet und beteten offenbar. Angst war auf ihren Gesichtern zu sehen, ab und an ertönte ein ersticktes Schluchzen.

„Wovor haben sie Angst?", flüsterte Felix.

„Vor den Vrykolakas", flüsterte Hoffmann zurück. „Das ist eine weitere Art von Vampiren, die es im alten Griechenland gibt. Sie ähneln ein wenig dem Bild, das wir heute von Vampiren haben."

Von draußen waren mit einem Male Schritte zu hören.

Die Gebete brachen ab. Totenähnliche Stille breitete sich in dem Wohnraum aus, Furcht lag wie eine schwere Wolke im Raum. Die vier Freunde fühlten eine derartige Beklommenheit, dass sie kaum atmen konnten.

Ein Klopfen an der Tür. Ein schauriger Ruf ertönte.

„Vrykolakas klopfen und rufen nach einem Verwandten im Haus", wisperte Hoffmann. „Wenn dieser antwortet, stirbt er."

Aber jeder im Haus schwieg.

Wieder das Rufen. Wieder keine Antwort.

Die Schritte verklangen. Die vier atmeten auf, genau wie die Männer und Frauen im Raum.

Hoffmann öffnete eine Luke am Boden, zog sie auf. Steinerne Stufen führten in die Tiefe. „Ich denke, wir haben uns jetzt genug in alten, ewig vergangenen Zeiten herumgetrieben. Der Augenblick ist gekommen, auf vertrauteres Terrain zurückzukehren." Er nahm eine kleine Öllampe, die am Boden stand, und ging die Stufen hinunter. Die anderen folgten ihm gespannt.

Was mochte als Nächstes auf sie warten?

Vom Fuße der steinernen Treppe führte ein Gang durch feuchtes Gestein zu einer Steinmauer, die undurchdringlich schien. Hoffmann tastete über die glatte Mauer. „So, mal sehen …"

Dann runzelte er die Stirn. „Seltsam."

„Ist etwas nicht in Ordnung?", fragte Emily.

Hoffmann tastete weiter über die Wand, drückte hie und da an einer Stelle, aber nichts geschah.

Felix graute vor dem Gedanken, dass sie wieder in dieses unheimliche Dorf mit seinen Schritten und Rufen in der Nacht zurückmussten. Aber da schwang ein Teil der Mauer auch schon auf und gab den Blick auf einen kleinen Raum frei, in dem ein Sarg auf einem steinernen Podest lag.

„Ach du meine Güte", seufzte Daniel.

„Keine Sorge, das ist nur ein ganz normales Grabmal. Ein paar Schritte, dann sind wir draußen." Noch während er sprach, schlüpfte Hoffmann bereits in den Raum. Die anderen folgten ihm.

Sie huschten am Sarg vorbei, neben dem verrottete Blumen lagen. Wer hier wohl begraben lag? Hoffmann stieß die Tür auf und schon befanden sie sich im Freien. Felix und die anderen atmeten tief durch. Die frische Luft war nach dem muffigen Grabmal eine große Erleichterung.

Vor ihnen breitete sich ein Friedhof aus. Er war klein und schien sich unter dem abendlichen Himmel zu ducken. Grablichter flackerten in der untergehenden Sonne, in der Ferne bellte ein Hund.

„In Griechenland war es zumindest wärmer", meinte Mila und rieb sich die klammen Hände.

„Wir haben nun den slawischen Raum erreicht. Ungarn, Serbien, Rumänien sind die Ausgangspunkte der traditionellen

Vampirüberlieferungen." Hoffmann machte eine eindrucksvolle Geste. „Hier, vor über 400 Jahren, in Dörfern voller Aberglauben, wo das Licht des Tages nicht ausreichte die Schatten zu vertreiben, hier hat das Bild des Vampirs, wie wir ihn heute kennen, seinen Ursprung."

Sie hörten auf einmal aufgeregte Gespräche.

„Duckt euch!", rief Hoffmann.

Die vier Freunde versteckten sich hinter einem großen Grabstein und spähten in die Richtung, aus der die Stimmen kamen.

Gleich darauf betrat eine Menschenmenge den Friedhof. Es waren Männer und Frauen in ärmlicher Kleidung. In ihrer Mitte ritt ein kleiner Junge auf einem Rappen.

Ein scharfer Befehl ertönte. Die Männer und Frauen wichen von dem Jungen und dem Rappen zurück. Langsam trabte das Tier nun zwischen den Gräbern hindurch.

„In diesem Dorf hat es mehrere Fälle von Vampirismus gegeben", sagte Hoffmann leise. „Übrigens zweifelsfrei ein männlicher Vampir." Er zwinkerte Mila und Leonore zu. „Aber die Dorfbewohner konnten das Grab, dem der Vampir Nacht für Nacht entstieg, nicht finden. Also besannen sie sich auf einen uralten Brauch: Ein Junge, rein im Herzen, muss auf einem Rappen über den Friedhof reiten."

Auf einmal blieb der Rappe stehen. Unter den Dorfbewohnern entstand großer Aufruhr.

„Und da, wo Pferd und Reiter stehenbleiben – da befindet sich das Grab des Vampirs."

Die Bewohner näherten sich dem Grab. Sie hielten Kreuze in den Händen, die im Licht der Fackeln fast zu strahlen schienen. Kreuze – und spitze Pfähle, um die sich grünes Gewächs rankte.

Hoffmann deutete nach vorne. „Die Kreuze sind aus Eschenholz und die Pfähle mit Weißdorn umrankt. Laut der Überlieferung sollen dies die wirksamsten Waffen gegen Vampire sein."

Schaufeln rissen den Boden auf, aufgeregte Rufe ertönten.

„Werden sie den Vampir mit den Pfählen …" Daniels Stimme war heiser.

„Ja", erwiderte Hoffmann ernst. „Lassen wir diesen Ort nun hinter uns. Die Vernichtung des Vampirs möchte ich euch nicht zumuten."

In geduckter Stellung tasteten sie sich rückwärts aus dem Friedhof hinaus.

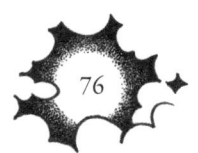

DER TOD HINTER DER MASKE

Die Straße, die vom Friedhof wegführte, war schmal und mit
Büschen gesäumt. Sie waren noch nicht lange unterwegs, da
hörten Felix und seine Freunde Hufgetrappel hinter sich.

„Weg von der Straße! Schnell!" Hoffmann sprang bereits hinter
die Büsche, die anderen taten es ihm gleich. Geduckt warteten
sie, wer da wohl auftauchen würde.

Einen Augenblick später kam ein Trupp Reiter in Sicht,
mit weißen Uniformröcken und hohen Helmen. Der Boden

erzitterte unter den Hufen, dann waren die Reiter auch schon vorbei. Schnell verschwanden sie in der Ferne, so plötzlich wie sie aufgetaucht waren.

Hoffmann und die anderen kamen wieder zwischen den Büschen hervor. Langsam gingen sie in die Richtung, die auch der Trupp genommen hatte.

„Wer war das?", fragte Mila. „Sie haben einen sehr entschlossenen Eindruck gemacht."

„Oh, das war Feldscher Johannes Flückinger mit zwei Gehilfen und anderen Offizieren", erklärte Hoffmann. „Ein Feldscher ist übrigens ein Arzt für Soldaten. Flückinger und seine Männer sind auf dem Weg in das Dörfchen Medvegia. Dort traten nämlich viele Fälle von Vampirismus auf. Das Besondere ist, dass Flückinger sie dokumentiert und an die Österreichisch-Ungarische Monarchie weitergeleitet hat. Die Akten gibt es noch heute – und somit ist das einer der berühmtesten Vampir-Vorfälle aller Zeiten. Wenn ihr Lust habt, könnt ihr es in jeder Bibliothek nachlesen. Der Bericht heißt ‚Über die sogenannten Vampirs, oder Blut-Aussauger, so zu Medvegia, den 7. Januarii geschehen'."

„Das heißt, das Ganze ist wirklich passiert? Es gab hier tatsächlich Vampire?" Felix blickte unbehaglich in die Richtung, in der der Trupp verschwunden war. Es war eine Sache, alten Mythen auf die Spur zu gehen. Eine andere, wenn etwas richtig dokumentiert und damit Wirklichkeit war.

„Lest und bildet euch eure eigene Meinung. Nach dieser Nacht habt ihr das Rüstzeug dazu", meinte Hoffmann.

Die Sonne ging unter, die Nacht brach mit geradezu unheimlicher Geschwindigkeit an.

Die Straße teilte sich, die Spuren von Flückingers Trupp führten nach links. Doch Hoffmann nahm die genau entgegengesetzte Richtung. „Lassen wir den Feldscher in Medvegia seines Amtes walten und begeben uns in eine andere Gegend."

Ein Wäldchen tat sich vor ihnen auf. Nachdem sie hineingegangen waren, bemerkte Felix, dass es mit jedem Schritt dunkler wurde. Die Bäume beugten sich über die Straße, verdeckten den Mond.

Gleich darauf war es stockdunkel.

„Man muss sich nicht immer am Balkan oder in Osteuropa herumtreiben", erklang Hoffmanns Stimme in der Finsternis. „Auch in Frankreich und Italien wimmelt es von Vampiren, sogar in Deutschland. Hört ihr das?"

Ein schmatzendes Geräusch kam aus der Dunkelheit, unheimlich und grausig.

„Die Nachzehrer sind Verstorbene, die hungrig in ihrem Grab schmatzen", sprach Hoffmann. „Erst kauen sie an ihrem Totenhemd, dann an sich selbst. Solange sie schmatzen, sterben ihre noch lebenden Verwandten."

„Das hätte ich nicht gedacht", sagte Daniel, „dass es Vampire wirklich überall gibt, auch bei uns."

Das Schmatzen wurde lauter, war jetzt überall um sie zu hören.

„Ist das eklig", stieß Emily hervor.

„Vater", mahnte Leonore, „wir sollten gehen."

„Der Wald ist gleich zu Ende", beruhigte Hoffmann die vier Freunde.

Und wirklich – kurz darauf hatten sie den Wald hinter sich gelassen und erreichten eine Hügelkuppe. Von dort blickten sie auf eine düstere Moor-Landschaft hinab.

„Die Nachzehrer mögen schrecklich sein, aber noch schlimmer ist es, wenn das Böse eine verführerische Maske trägt. So wie hier in den schottischen Hochmooren." Hoffmann deutete nach unten.

Am Fuße des Hügels lag eine Ruine, in der ein Lagerfeuer brannte.

„Schottland? Echt? Meine Großeltern haben mir mal davon erzählt. Es soll wunderschön sein", sagte Mila.

„Das mag sein. Aber wie immer lauert auch das Böse gerne hinter einer wunderschönen Maske. Kommt mit, aber seid so leise ihr könnt, das hier ist wirklich sehr gefährlich."
Tiefer Ernst zeichnete Hoffmanns Gesicht.

„Gefährlicher als das, was wir heute schon erlebt haben?", fragte Felix.

Anstatt zu antworten stieg Hoffmann vorsichtig den Hügel hinab. Achselzuckend folgten die vier Freunde. Leonore ging am Schluss.

Bald darauf erreichten sie eine Ruine. Vorsichtig blickten sie um die Ecke einer eingefallenen Wand. Nicht weit von ihnen saßen vier Männer um ein Feuer. Sie trugen alle ein altertümliches Lederwams und hohe Stiefel. An der Wand lehnten vier Gewehre.

„Jäger", flüsterte Hoffmann.

„Mir ist kalt", sagte nun einer der Männer. Er sprach Englisch mit einem Akzent, den Felix und die anderen nur schwer verstanden.

Ein anderer stand auf. „Tanzen wir doch um das Feuer", meinte er. „Dann wird uns warm."

Und so begannen sie einen wilden, urtümlichen Tanz, den Felix und die anderen noch nie gesehen hatten. Die Gesichter der Tänzer wurden allmählich rot und fröhlich, die Bewegung half ganz offensichtlich gegen die Kälte. Einer klatschte in die Hände und juchzte.

„Das sieht doch gemütlich aus", wisperte Mila, die in der Kälte schlotterte. „Wollen wir nicht auch ans Feuer –"

„Keinen Laut", zischte Hoffmann. „In diesen Mooren ist jeder verdammt, der die Stille der Nacht stört!"

Die Jäger setzten sich wieder ans Feuer. „Ach wären doch unsere Liebsten hier", raunte nun einer von ihnen.

Wie als Antwort war auf einmal ein verführerisches Flüstern zu hören. Die Männer lauschten.

Da tauchten vier Frauen aus der Dunkelheit auf, das Haar

80

golden, die Gewänder grün. Wieder erklang das Flüstern, eindringlich, verführerisch …

Die Jäger wirkten wie verzaubert von der Schönheit der Frauen und wehrten sich nicht, als diese sie mit einer Geste zum Tanzen aufforderten.

Felix hatte ein banges Gefühl im Herzen. Geht nicht mit ihnen, wollte er rufen, aber er wusste, dass er keinen Mucks von sich geben durfte.

Und so tanzten die Jäger, offensichtlich ganz im Bann der Frauen. Nur einer von ihnen wollte mit einem Male nicht mehr und zog sich stattdessen wieder ans Lagerfeuer zurück.

Plötzlich ein Zischen, dann gurgelnde Schreie! Blut tropfte von den Hälsen und Gesichtern der Männer, sie taumelten. Die Frauen kicherten und entblößten rasiermesserscharfe Zähne. Die Männer sanken zu Boden, die Vampire fielen über sie her.

Mila und Emily schlugen sich die Hand vor den Mund, um nicht zu schreien. Auch Felix und Daniel mussten sich zusammenreißen.

Der vierte Mann, der das Ganze wie im Schock beobachtet hatte, flüchtete sich zwischen die wiehernden Pferde. Die Frauen zischten, folgten ihm aber nicht und widmeten sich wieder ihren Opfern. Schreie erklangen, die langsam schwächer wurden.

Hoffmann deutete hinter sich. Die anderen nickten dankbar und folgten ihm.

Als sie einige Entfernung zwischen sich und die Ruine gebracht hatten, blieb Hoffmann stehen. „Am nächsten Morgen wird der Vierte seine Freunde finden, kalt, ohne Leben und einen Tropfen Blut. Das ist das Werk der Baobhan-Sith, wie die Vampire hier im alten Schottland heißen. Hütet euch stets vor ihnen, wenn euch euer Weg einmal in die Moore des Hochlandes führen sollte."

„Keine Sorge", antwortete Felix für alle, und seine Stimme klang inbrünstig. „Das werden wir."

ADVOCATUS LEONORE

„Zur Auflockerung wollen wir einen kurzen Exkurs machen",
sagte Leonore. „Das kann nach diesem Erlebnis nicht schaden."

Die vier Freunde scharten sich um die junge Frau. Hoffmann
gesellte sich zu ihnen, wirkte aber etwas missmutig.

„Mein Vater hat euch in die Welt des Fantastischen geführt",
begann Leonore. „Aber wie ich euch in der Bibliothek gesagt
habe, gibt es genügend Menschen, die das Fantastische anzwei-
feln. Die sich immer schon bemüht haben, wissenschaftliche
Erklärungen für Vampire und andere übernatürliche Wesen
zu finden."

„Advocatus Diaboli, oder besser Advocatus Leonore", murmelte
Hoffmann in sich hinein. Aber seine Tochter beachtete ihn nicht.

„Ihr habt es ja vorhin auf dem Friedhof gesehen", fuhr Leonore fort. „Es ist Hunderte Jahre her. Die Wissenschaft ist nicht mit der unseren zu vergleichen. Es gibt kein elektrisches Licht in den Dörfern, die Nächte sind düster, Aberglaube beherrscht die Köpfe der Menschen … und dann, aus welchem Grund auch immer, öffnen die Dorfbewohner ein Grab eines schon länger Verstorbenen, um etwas zu überprüfen." Sie hielt inne. „Der Sargdeckel fällt mit einem dumpfen Laut auf die Seite, und die Menschen sehen mit Schrecken, dass der Leichnam sehr gut erhalten ist! Die Haare sind länger geworden, die Nägel sind spitz und ebenfalls gewachsen. Was glaubt ihr, was man sich damals gedacht hat?"

„Dass der Leichnam ein Vampir ist", antwortete Mila.

„Ganz genau. Und wer könnte es ihnen verdenken? Wie gesagt hatte der Aberglaube damals einen ganz anderen Stellenwert als in unserer modernen Welt."

Die im Moment sehr weit weg ist, dachte Felix, als er seinen Blick durch die trostlose Moorlandschaft schweifen ließ.

„Heute wissen wir, dass so etwas ein ganz normaler Vorgang ist. Haare und Nägel können nach dem Tod noch eine gewisse Zeit lang weiterwachsen, und manche Leichname sind besser erhalten als andere. Das hat mit der Beschaffenheit des Bodens und der Särge zu tun. Damals waren diese Tatsachen nicht bekannt und schufen so, im Einklang mit schon bestehenden Vampirmythen, das Bild des Blutsaugers, das wir alle kennen."

„Leonore …“, meinte Hoffmann jetzt sichtlich ungeduldig.

„Gleich, Vater. Noch ein Letztes, dann schweigt der Advocatus wieder.“ Leonore hob den Zeigefinger, wie es Hoffmann zu tun pflegte, wenn er etwas Wichtiges verkündete. „Es gibt etwas, was immer wieder ins Feld geführt wird, wenn man Vampire natürlich erklären will. Nämlich die Porphyrie.“

„Das hab ich, glaub ich, schon mal gehört.“ Daniel runzelte die Stirn.

„Das ist eine Krankheit“, fuhr Leonore fort. „Symptome sind unter anderem extreme Lichtempfindlichkeit, dazu schrumpfen Lippen und Gaumen, sodass die Zähne unnatürlich groß aussehen. Die Zähne können durch einen Belag auch blutrot gefärbt sein. Und Knoblauch soll die Symptome verschlimmern. Wie bei – “

„Vampiren“, sagten Felix und die anderen einstimmig.

„Bist du jetzt fertig?“ Hoffmanns Stimme war streng.

„Aber natürlich.“ Leonore machte eine übertrieben demütige Handbewegung. „Ich übergebe wieder an Euch, Euer Ehren.“ Sie blinzelte Felix und den anderen zu.

„Ich hätte dich eindeutig strenger erziehen sollen.“ Hoffmann schüttelte den Kopf.

Die vier rollten mit den Augen. Wie oft hatten sie den Satz schon von ihren eigenen Eltern gehört.

„Meine Tochter hat natürlich recht getan, euch einige Argumente der Zweifler, die es immer schon gab und immer geben wird, kundzutun. Ich jedenfalls glaube an Vampire, denn von Australien, Südamerika bis Asien, Europa und Skandinavien, überall gibt es Überlieferungen. Wir haben eine kurze Reise in diese Überlieferungen getan. Aber noch ist diese Reise nicht zu Ende." Er zeigte hinter Felix und seine Freunde.

Sie drehten sich um und trauten ihren Augen kaum – nicht weit von ihnen, im dunklen Moor, stand der Sessel, auf dem Hoffmann in der Bibliothek gesessen hatte. Links neben dem Sessel befand sich ein kleiner Tisch, rechts ein hölzerner Aufsteller mit einem Gemälde.

AUS DEN SEITEN, IN DAS LEBEN

„Wie, äh, wie kommt das denn hierher?", fragte Daniel.

„Also wirklich." Mila rollte mit den Augen. „Nach allem, was wir heute gesehen haben, wundert dich noch irgendwas?"

„Ich sehe, ihr seid noch bei Kraft und Laune", meinte Hoffmann. „Denn wer sich zanken kann, kann auch noch einiges aushalten."

„Das ist kein Zanken, Herr Hoffmann", grinste Felix. „Die beiden gehen immer so miteinander um."

„Hm naja. Aber zurück zum Thema."

Hoffmann ging zu dem Sessel, setzte sich hin und stieß einen wohligen Seufzer aus. „Ah, das tut gut. Meine Knochen sind ja schon etwas älter als die euren."

Felix bemerkte erst jetzt, dass ein Buch auf dem Beistelltisch lag. Es war nur ein dünnes Bändchen, aber kunstvoll gefertigt.

Hoffmann nahm das Buch. „All die Mythen und teils jahrtausende alten Überlieferungen, die wir heute bestenfalls gestreift haben, haben natürlich etwas bewirkt. Sie sickerten in das Unterbewusstsein der Menschen ein, und irgendwann musste der Zeitpunkt kommen, da die Menschen sich dem Thema in Gedichten und Romanen widmeten. Den Anfang machte einer unserer berühmtesten Dichter." Er schlug das Buch auf. „Denn schon Goethe –"

„Bitte nicht", stöhnten die vier Freunde. Sie nahmen Goethe gerade in Deutsch durch. Ihr Lehrer war ein großer Fan und dementsprechend unbarmherzig in dem, was er verlangte. Mila hatte gerade letzte Woche eine Vier bei einer Wiederholung bekommen.

„Oh doch! Ihr werdet es nicht glauben – auch bei Goethe finden wir einen Vampir."

„Davon hat unser Lehrer aber nichts gesagt, als er mich in Grund und Boden geprüft hat", maulte Mila.

„Die Braut von Korinth", fuhr Hoffmann unbeeindruckt fort, „ist eine Ballade und eine der ersten literarischen Geschichten über einen Vampir. Es geht darin um einen jungen Mann, der vom vampirischen Geist seiner Geliebten heimgesucht wird."

Er blätterte, dann begann er zu lesen.

Aus dem Grabe werd' ich ausgetrieben,
Noch zu suchen das vermisste Gut,
Noch den schon verlornen Mann zu lieben
Und zu saugen seines Herzens Blut.
Ist's um den gescheh'n,
Muss nach andern geh'n,
Und das junge Volk erliegt der Wut.

Hoffmann klappte das Buch zu. „So sprach die Geliebte. Nun ja, ihr könnt die ganze Ballade dann bei Gelegenheit nachlesen. Oder euren Lehrer dazu anregen. Es wäre ja ein Jammer, wenn er die besten Geschichten unter den Tisch fallen lässt."

Er stemmte sich aus dem Sessel hoch und wandte sich dem Gemälde auf dem Aufsteller zu. Es stellte eine alte Villa dar, die auf einen See hinabblickte.

„Goethe und einige andere machten also den Anfang. Aber so richtig Schwung bekam der literarische Vampir im 18. Jahrhundert. Und zwar genau hier, in der Villa Deodati." Er tippte auf die Leinwand, und ... das Moor war verschwunden. Stattdessen standen Felix und die anderen neben der prächtigen Villa. Das Bild hatte buchstäblich Gestalt angenommen: Säulen aus Marmor schmückten das Erdgeschoss, darüber lag ein Balkon, der sich um das ganze Haus zog, und darüber wieder Fenster, die mit Bögen gekrönt waren. Das Dach wies Giebel und mehrere hohe Schornsteine auf.

Unter ihnen lag der See, von Straßen, Dörfern und Villen umgeben.

„Meine Damen und Herren – der Genfer See, im Sommer im Jahr des Herrn 1816", sprach Hoffmann mit großer Geste.

„Sommer?" Daniel zog seine Jacke enger zusammen. „Also für einen Sommer ist es verd-, tschuldigung, ziemlich frostig."

Er hatte Recht. Die Sonne war nur schwach hinter einem Schleier zu sehen. Ein fahler Schatten schien über allem zu liegen, tauchte die Szenerie in kraftloses Grau. Dazu wehte ein kalter Wind.

„Und warum ist das so?" Hoffmann hob seinen Finger. „Weil 1816 als das ‚Jahr ohne Sommer' in die Geschichtsbücher eingegangen ist. In Indonesien brach damals der Vulkan Tambora aus und schleuderte so viel Asche in die Atmosphäre, dass es auf der ganzen Welt kälter wurde. So auch hier, in der Schweiz."

Die Sonne verblich, machte einem milchigen Mond Platz. Raben krächzten im Wind.

Die vier Freunde hörten Geräusche aus der Villa. Hoffmann deutete ihnen und Leonore, mit ihm zu kommen. Sie schlichen zu den Säulen, versteckten sich dahinter.

„Hier, in der Villa Diodati, verbrachten der berühmte englische

Dichter Lord Byron, sein Arzt John Polidori, der Dichter Percy Shelley und dessen spätere Frau Mary Shelley den Sommer", flüsterte Hoffmann.

Sie lugten in das Innere der Villa. Hinter hohen Fenstern lag ein Raum mit schweren Vorhängen, dunklem Holz, düsteren Gemälden und einem prasselnden Kaminfeuer. In der Mitte des Raumes stand ein Mann mit langen dunklen Haaren und einem eindrucksvollen Gesicht. Er hielt einige Seiten in der Hand und las daraus mit wohlklingender Stimme vor. Felix wettete darauf, dass das der von Hoffmann erwähnte Lord Byron war. Genauso stellte er sich einen berühmten Dichter vor.

Zwei weitere Männer befanden sich im Raum, dazu eine Frau in einem langen Gewand. Sie saß auf einer Couch und lauschte dem Dichter.

„Weil das Wetter so schlecht war, konnten sie nicht viel unternehmen. Also lasen sie sich Gruselgeschichten vor", fuhr Hoffmann fort. „Dann hatte einer von ihnen die Idee: Warum sollte nicht jeder von ihnen selbst eine Schauergeschichte verfassen? Und das taten sie dann auch."

Daniel musterte die Frau aufmerksam. Große Augen, ein schmaler Mund, welliges braunes Haar, das ihr über die Schultern fiel. „Mary Shelley haben Sie gesagt? War das nicht die Autorin von ,Frankenstein'?"

„Wieder mal korrekt, Herr Kortner. Das Grundgerüst der

unsterblichen Geschichte ist ihr in jenem Sommer in dieser Villa eingefallen", bekräftigte Hoffmann. „Ihr Mann verfasste eine Geistergeschichte, Lord Byron nur ein Fragment. Aber es war der am wenigsten angesehene der Runde, nämlich der Arzt Polidori, der mit ‚Der Vampyr' die erste richtige Vampirgeschichte schrieb. Somit stellt das, was wir hier sehen", er deutete auf die vier Personen in der Villa Deodati, „die literarische Geburtsstunde des Vampirs dar. Von da an gab es kein Halten mehr, Vampire eroberten Buch und später Film in aller Welt. Schlicht überall trieben sie ihr Unwesen."

Plötzlich sahen die vier Freunde Bilder auf den Säulen. Auf dem fahlen Marmor erschienen Schlösser, düstere Häuser und dunkle Gewölbe.

„Ob die Vampirin Carmilla auf Schloss Karnstein in Österreich hinter ihren Opfern her war, ob das Böse vom Marsten-Haus ausgehend die amerikanische Kleinstadt Salem's Lot vernichtete – es würde Bücher füllen alle Vampirromane und ihre Schauplätze aufzuzählen." Nun huschten Gestalten über die Säulen, manche in altertümlicher, manche in moderner Kleidung. Manche hatten attraktive Gesichter, manche so unheimliche Fratzen, dass Felix und die anderen schauderten. „Und wie ihr Unterschlupf, waren auch die Vampire alle verschieden. Ob Lestat aus der wunderbaren ‚Interview mit einem Vampir'-Reihe, ob –"

„Da! Da sind Edward und Bella aus ‚Twilight'!" Emily deutete

auf einen jungen Mann, der ein Mädchen küsste. „Hab ich alle gelesen. Und die Filme kenne ich auch."

„Ausgezeichnet", lobte Hoffmann. „Auch wenn ich ehrlicherweise die Klassiker vorziehe."

Die Bilder auf den Säulen verblassten.

Hoffmanns Gesicht wurde sehr ernst. „Und dem größten Klassiker werden wir uns jetzt am Ende widmen. Denn alle Wesen, auf die wir heute gestoßen sind, ob im alten Mesopotamien oder in der Twilight-Welt, sie alle verblassen vor dem einen."

Seine Stimme war mit einem Male nur mehr ein Flüstern.

„Vor dem Fürst der Finsternis."

Alles verschwamm vor den Augen der Freunde.

DRACULA

Langsam nahm die Welt wieder Gestalt an. Atemlos sahen Felix und die anderen sich um. Sie befanden sich vor dem verschlossenen Eingangstor eines düsteren Schlosses. Spitze Türme bohrten sich in den Abendhimmel, verfallene Steinmauern sahen auf die vier Freunde herab.

Es war kalt, der Wind trieb Schneeschauer vor sich her. Die untergehende Sonne lugte nur mehr schwach zwischen den schwarzen Bergen hervor, welche sich hinter dem Schloss erhoben.

Dieser Ort war ein Ort des Schreckens, das spürte Felix ganz deutlich. Und noch etwas wusste er: Dies war der Handlungsort jenes Buches, das er in der Bibliothek gesehen hatte. Das in dunkelrotes Leder gebundene Buch, welches etwas abseits der

anderen gestanden hatte. In der Bibliothek hatte er nur den Schatten des Grauens gespürt, welches das Buch ausstrahlte. Nun aber fühlte er dieses Grauen sehr nahe.

„Zieht euch erst einmal etwas Warmes an." Hoffmann und Leonore warfen den vieren dicke Jacken und Mützen zu. In Windeseile schlüpften sie hinein.

„Wo sind wir?", fragte Mila.

„Im Herzen aller Vampirlegenden, in Transsilvanien", antwortete Leonore. „Dies ist Schloss Dracula."

„Dracula", flüsterte Daniel ehrfürchtig.

Hoffmann nickte. „Der mächtigste aller Vampire, vom Schriftsteller Bram Stoker unsterblich in Szene gesetzt. Der historische Fürst Vlad Draculea, der im 15. Jahrhundert gegen die Osmanen kämpfte, war ob seiner Grausamkeit eine Inspiration für Stokers Graf Dracula. Unzählige Bücher und Filme haben sich dem Vampirgrafen seither gewidmet. Aber es gibt nur einen Roman. Eine Figur. Ein Böses." Er machte eine Pause. „Zum Glück stellten sich mutige Männer diesem Bösen in einem letzten Kampf in den Weg. Folgt mir, um dem Kampf beizuwohnen."

Mit raschem Schritt führte Hoffmann sie von dem Schloss weg. Tiefe Schluchten taten sich neben ihnen auf, verwachsene Wälder lauerten, dazu erklang das Heulen von Wölfen.

Emily nahm Felix' Hand. Es war aber auch zu unheimlich hier. Den anderen stand die Angst ebenfalls ins Gesicht geschrieben.

Hoffmann schien ihre Furcht zu spüren. „Beruhigt euch. Habt Respekt, aber keine Furcht. Dracula ist zwar auf dem Weg hierher zu seinem Schloss, aber seine Jäger sind ihm dicht auf den Fersen. Und Dr. Van Helsing, der weise Kopf der Vampirjäger, hat Schloss Dracula mit heiligen Werkzeugen versiegelt. Der Vampir kann also nicht mehr hinein, was er nicht weiß." Er zeigte in das Abendrot. „Der Fürst der Finsternis ist bei Tag machtlos und liegt bewegungslos in seinem Sarg, bewacht von seinen Schergen. Doch wenn die letzten Strahlen der Sonne hinter den dunklen Karpaten verschwinden, ersteht Dracula auf – und dann haben Van Helsing und seine Männer keine Chance. Deshalb müssen sie ihn unbedingt vor Sonnenuntergang kriegen."

„Werden sie es schaffen?", fragte Emily atemlos.

„Wir werden sehen. Und jetzt halt." Hoffmann blieb stehen. Sie befanden sich in einer Kurve und hatten von da aus einen guten Blick auf den weiter unten liegenden Weg.

Ein Trupp wild aussehender Männer jagte dort unten heran. Sie begleiteten einen Wagen, der von Pferden gezogen wurde. Auf der Ladefläche lag ein großer, sargähnlicher Behälter.

„Schnell in Deckung. Das sind Draculas Helfer", sprach Hoffmann. Sie versteckten sich zwischen mehreren Steinen, lugten hinab.

Andere Männer mit Gewehren kamen in Sicht. Sie verfolgten den Wagen, stellten ihn schließlich.

„Abraham Van Helsing und seine Gefährten", sagte Hoffmann.
„Sie sind die einzigen, die Dracula noch aufhalten können."

Ein wilder Kampf entbrannte, Schüsse knallten. Einer der Vampirjäger sprang auf den Wagen, näherte sich dem Sarg. Das Wolfsgeheul aus den Wäldern wurde lauter, als ob die Tiere die Gefahr für ihren Herrn spürten.

Und obwohl Felix und seine Freunde wussten, dass sie bei Hoffmann sicher waren, hatten sie trotzdem ein banges Gefühl im Herzen. Sogar hier spürten sie die Kraft, die von diesem Sarg ausging, spürten dass das Böse, dass Dracula gleich erwachen würde. Und dann würde er seine Jäger töten, und nichts mehr würde zwischen dem Fürst aller Vampire und der Eroberung der Welt stehen.

Der Sarg wurde aufgerissen. Böse, uralte Augen, ein Lächeln aus spitzen, blutigen Zähnen, krallenartige Hände.

Und eine blitzende Klinge, die mit den letzten Strahlen der untergehenden Sonne auf den Vampir hinabstieß.

Ein unmenschlicher Schrei ertönte. So markerschütternd war er, dass die vier Freunde sich die Ohren zuhielten und die Augen fest zukniffen. Aber es half nichts, der Schrei drang trotzdem durch, tief in ihre Herzen. Sie zitterten und hielten sich an den Händen.

Dann – Stille.

„Das Böse ist vernichtet", sprach Hoffmann.

Die vier Freunde öffneten ihre Augen, sahen Draculas Gehilfen

in wilder Flucht davonreiten. Die Vampirjäger bildeten nun einen Kreis um einen Mann, der am Boden lag. Felix und die anderen hörten kummervolle Rufe.

„Einer der Tapferen hat sein Leben im Kampf gegeben", sagte Hoffmann leise. „Wir wollen sie trauern lassen und gehen."

Fast unhörbar klatschte er in die Hände.

Der Kronleuchter erhellte den Raum, das Kaminfeuer brannte. Am Tisch standen Teetassen. Es war ohne Zweifel die Bibliothek, so wie sie sie zurückgelassen hatten, bevor sie auf diese Reise gingen.

Die vier holten tief Luft. Blickten die Regale mit den unzähligen Büchern ehrfürchtig an.

Eine Reise in die Welt der Vampire hatten sie getan, und was für eine Welt war das gewesen – voller Dunkelheit und Schrecken, aber auch Mut und Hoffnung.

Eine ganze Welt, in einer Nacht. Wer konnte das schon von sich behaupten?

Hoffmann lächelte. „Nun, meine Damen und Herren, habt ihr bekommen, was ihr erwartet habt?"

„Oh ja." Felix antwortete für alle. Was dann geschah, war ihm peinlich, aber er konnte es nicht unterdrücken – er gähnte herzhaft. Sofort wurde er rot. „Entschuldigung, Herr Hoffmann, ich wollte nicht …"

„Das geht schon in Ordnung." Hoffmann winkte ab. „Es war eine mehr als lange Nacht. Kommt mit."

Sie verließen die Bibliothek und gingen durch den Gang mit den Spiegeln und Bildern in die Halle. Von dort bog eine weitere Tür ab, die zu einem kleineren, holzgetäfelten Raum führte. Darin wartete ein gedeckter Tisch auf die vier. Ein Fenster hinter dem Tisch bot einen schönen Blick auf die Stadt hinab, die in der beginnenden Morgenröte lag.

„Was für ein Unterschied", meinte Emily.

Die anderen wussten, worauf sie anspielte. Gerade noch war die Sonne im finsteren Transsilvanien untergegangen. Die friedliche Stimmung jetzt war das fundamentale Gegenteil.

Hinter ihnen ging die Tür auf, und Leonore schob einen Beistellwagen mit Tellern und einer reich gedeckten Platte herein. Rühreier, gebratener Speck und Toast standen darauf, dazu Kannen mit Kakao und Orangensaft. Den vieren lief das Wasser im Mund zusammen.

Leonore lächelte. „Ich dachte, dass euch nach einer solchen Nacht eine kleine Stärkung guttun würde."

Sie hatten kaum zu Ende gesprochen, da griffen die vier auch schon zu und ließen es sich schmecken.

EIN NEUER TAG

Die vier Freunde traten vor die Tür. Die aufgehende
Sonne warf flache Strahlen über Eschenfeld.

Hoffmann beugte sich zu Felix. „Nun denn …
Vergiss nicht, junger Herr Bergmann, man weiß nie,
wie die Wege verlaufen, sich kreuzen und wieder aus-
einanderlaufen. Das, was du heute erlebt hast, was du
erfahren hast, das muss nicht unbedingt gleich etwas
bedeuten. Aber vielleicht später. Denn nichts", er
machte eine Pause, „nichts geschieht zufällig."

„Ich verstehe“, antwortete Felix zögernd.

„Noch nicht. Aber irgendwann wirst du es.“

Ein kurzer Augenblick der Stille.

„Ihr seid übrigens herzlich eingeladen, beim nächsten Vollmond wiederzukommen.“ Hoffmann legte dem Arm um Leonore, die neben ihn getreten war. „Advocatus Leonore und ich werden euch gerne durch eine weitere Nacht führen, wenn ihr den Mut dazu habt.“

„Soll das ein Witz sein? Keine zehn Pferde könnten mich davon abhalten, die Bude wieder zu besuchen.“ Mila stippte gegen ihre imaginäre Baseballkappe.

„Mi-la!“, stießen ihre Freunde in resignierender Einstimmigkeit hervor.

Leonore lachte. „Ihr vier seid wirklich würdig. Genau wie mein Vater gesagt hat.“

Hoffmann blickte durch das Fenster auf die Stadt. Nachdenklich trank er einen Schluck Tee.

Leonore trat neben ihn, sah Felix und den anderen nach, wie sie die Straße hinabgingen und auf der steinernen Treppe verschwanden.

„Hätten wir es ihnen sagen sollen?“, fragte sie leise.

Immer noch hielt Hoffmann die Porzellan-Tasse in den Händen, drehte sie geistesabwesend in seinen Fingern.

„Vater?" Leonore blickte ihn an.

Hoffmann stellte die Tasse ab. „Was hätte das geändert? Es kommt, wie es kommen muss – sie müssen sich beweisen. Wir konnten ihnen nur das Rüstzeug mitgeben. Das, was man nicht in Büchern findet, das, was man erleben muss." Er seufzte. „Wollen wir hoffen, dass wir Erfolg hatten."

Die vier Freunde schritten die Treppe hinab. Unter ihnen breitete sich Eschenfeld aus, wie sie es seit frühester Kindheit kannten. Die Straßen, von Bäumen gesäumt, der Hauptplatz, die Schule, der Park – alles in den goldenen Glanz der Morgensonne getaucht.

Und doch war alles verändert. Die Vier hatten sich verändert. Die Nacht in der Vollmondbibliothek, die Nacht der Vampire hatte sie zu etwas anderem gemacht, auch wenn sie noch nicht wussten zu was.

Wenn sie jedoch geahnt hätten, welches Unheil schon bald über der kleinen Stadt aufziehen würde, wären sie nicht so ruhig die abgetretenen Steinstufen hinuntergegangen.

So aber begannen sie guten Mutes einen neuen Tag …

ETWAS ERWACHT

Wie ein lebendiges Wesen kroch der Novembernebel durch die Straßen von Eschenfeld. Die Sonne, die schon tief am Himmel stand, verschwand hinter weißen Schwaden.

Mit dem Nebel glitt eine dunkle Gestalt durch die Stadt.

Die Menschen, die auf den Straßen unterwegs waren, hörten ein Rascheln hinter sich. Aber wenn sie sich umdrehten, konnten sie nichts erkennen; es blieb nur das Gefühl, von etwas Unheimlichem gestreift worden zu sein. Dann atmeten die Menschen auf und hasteten weiter, in die Wärme und Sicherheit ihrer Wohnungen und Häuser.

Eine trügerische Sicherheit, wie sich bald herausstellen würde.

Die Turnhalle des Max-Barlow-Gymnasiums, welches Felix und seine Freunde besuchten, war durch eine Rasenfläche von dem übrigen Schulgebäude getrennt. Auf dem Rasen fanden im Sommer Fußball- und Volleyballturniere statt, die meiste Zeit aber blieb er ungenutzt. Es gab Pläne, die alte Turnhalle abzureißen und unterirdisch wieder aufzubauen, aber bis dahin würde noch einige Zeit vergehen.

Die dunkle Gestalt bewegte sich über den Rasen auf die Halle zu, aus der gedämpfte Anfeuerungsrufe drangen.

Trotz seiner guten Kondition war Felix mittlerweile völlig aus der Puste. Wie seine Mitspieler gab er alles, aber sie lagen immer noch gegen die Parallelklasse zurück. Das war an sich schon unerhört, aber noch unerhörter war der schlechte Score von Felix: Er hatte bisher erst die Hälfte seiner üblichen Körbe geworfen. Das lag nicht etwa an dem unglaublichen, erst wenige Wochen zurückliegenden Erlebnis in der Vollmondbibliothek; auch nicht an seinen Eltern, deren Streit immer heftiger wurde.

Es lag einzig und allein an Emily, die mit Mila und ihren anderen Klassenkameradinnen das Spiel beobachtete.

Die Turnlehrerin hatte sich nach der ersten Stunde nicht gut gefühlt, und so durften die Mädchen anstatt schweißtreibendem Zirkeltraining gemütlich das Basketballspiel beobachten und fachmännische Kommentare abgeben. Emily und Mila saßen

104

ganz oben auf der Sprossenwand, um einen besseren Überblick zu haben.

Und weil Felix sie beeindrucken wollte, klappte natürlich gar nichts.

Daniel saß als Austauschspieler am Rand des Spielfelds und gab sich lässig. „Los, Felix!", brüllte er. „Pennen kannst du zu Hause!"

Lukas Hausner, der junge Sportlehrer, musterte ihn unwillig. „Willst du meinen Job übernehmen?"

„Sorry." Daniel grinste.

Hausner nickte, dann formte er mit seinen Händen einen Trichter. „Aber recht hat er, Felix. Streng dich an!"

„Was ist denn mit denen los heute?" Mila schüttelte den Kopf. „Die sollten lieber dich mitspielen lassen. Im Nullkommagarnichts lägen wir vorne."

„Felix macht das schon." Emily beugte sich vor. „Los, Felix, zeig's ihnen."

Felix blickte zu den beiden Mädchen. Sah, wie strahlend Emilys Augen waren, sah, wie ihr wieder die Strähne ins Gesicht fiel. Sah alles, nur nicht den auf ihn gerichteten Pass! Der Ball prallte ihm direkt gegen den Kopf, fiel zu Boden und rollte vor die Füße von Leon, einem der gegnerischen Spieler.

Der lachte und hob den Ball auf. „Was'n los, Bergmann? Willst du nicht lieber wieder Völkerball spielen, mit den Kleinen?"

Jetzt reichte es Felix. Der Schwindel, den er nach dem Aufprall des Balles gefühlt hatte, verschwand und wurde durch Wut und einen richtiggehenden Energieschub ersetzt. Er holte tief Luft, stürzte sich ins Getümmel und nahm dem vorpreschenden Leon den Ball ab. Er dribbelte geschickt durch zwei Gegner, am nächsten vorbei, Sprung, Drehung – und versenkt!

Felix' Klasse jubelte, während Leon und seine Mitspieler die Gesichter verzogen.

„Scheint als ob jemand endlich aufgewacht ist", meinte Mila.

Emily gab ihr mit dem Ellbogen spielerisch einen Stoß. „Nicht spotten, anfeuern. Weiter so, Felix!"

„Was für ein Spiel!" Daniel schlug Felix auf die Schulter.

Die vier gingen über den Rasen. Das Schulgebäude war nicht zu erkennen, lag wie ein undeutlicher Schatten im Nebel.

„War wirklich eine super Aufholjagd", sagte jetzt auch Emily.

„Na ja. Knapp, aber doch." Felix bemühte sich cool zu klingen, aber innerlich freute er sich wie ein Schneekönig. Vor allem über den begeisterten Applaus von Emily nach dem letzten siegreichen Korb, den er gelandet hatte.

„Nicht ganz schlecht, ja." Mila steckte sich einen Kaugummi in den Mund. „Aber du hast lange gebraucht um in die Gänge zu kommen. Was war denn los?"

„Keine Ahnung", sagte Felix mit einem schnellen Seitenblick zu Emily. „Manchmal hat man so Tage."

Die vier gingen weiter.

„Habt ihr das gehört?" Daniel blieb stehen, hörte in den Nebel hinein.

„Na was denn – hat da einer Angst?" Mila grinste und ließ eine Kaugummiblase platzen. „Hat dir Hoffmanns Bibliothek nicht gut getan?"

„Sehr witzig." Immer noch horchte Daniel angestrengt. „Ich dachte, ich hätte was gehört. Und einen Schatten gesehen."

„Wenn's ein Vampir ist, wissen wir wenigstens, was zu tun ist", spöttelte Mila.

Nichts regte sich.

„Okay", meinte Daniel achselzuckend. „Hab mich wohl getäuscht."

Fröhlich tratschend gingen die Freunde weiter.

Aber Daniel hatte sich nicht getäuscht. Die dunkle Gestalt war bei ihnen gewesen, ganz nahe und doch verborgen im Nebel. Hatte sie belauscht.

„Ihr glaubt also alles über Vampire zu wissen? Wir werden sehen." Die Gestalt gluckste, dann verschmolz sie mit der Dunkelheit.

Der Abend war angebrochen, und immer noch lag der Nebel wie eine Decke über Eschenfeld. Auch über der Kirche und dem Friedhof, an dem die vier Freunde vor drei Wochen vorbeige-

kommen waren, kurz vor ihrem Besuch in der Vollmondbibliothek.

Ernst Thaler, der alte Pfarrer, wohnte im Pfarrhaus neben der
Kirche. Die meiste Zeit war er allein, nur ab und an hielt sich ein
Priesteranwärter aus Afrika bei ihm auf. Früher hatten sich viel
mehr von ihnen im Haus getummelt, fröhliche und engagierte
junge Männer, aber die Zeiten waren anders geworden.

Einen jedoch gab es, der Pfarrer Thaler treu Gesellschaft leistete.
Terrier Liam war ihm vor einigen Jahren zugelaufen und seitdem
ein fixer Bestandteil des Pfarrhauses. Thaler hatte den Hund
wegen seines roten Fells so genannt, der irische Name schien ihm
mehr als passend. Auch passte er hervorragend zum gemütlichen
Charakter des Tieres.

Am heutigen Abend hatten Herr und Hund nichts mehr zu tun
und saßen einträchtig im Wohnzimmer, der Pfarrer in seinem
Ohrensessel, Liam zu seinen Füßen.

Auf einmal stellte der Hund die Ohren auf und begann leise zu
knurren.

„Was hast du denn?", meinte Thaler freundlich.

Einen Augenblick später war Liam auch schon bei der Tür und
kratzte daran.

„Na wenn du willst … aber mich bringst du heute nicht mehr
hinaus." Der Pfarrer stand auf und öffnete die Tür. Liam verschwand in der Dunkelheit.

Pfarrer Thaler sog tief die feuchte Abendluft ein, dann schloss er die Tür wieder.

Liam lief zwischen den Grabsteinen hin und her. Im Haus hatte er von draußen seltsame Geräusche gehört. Hier im Freien lag nun eine eigenartige Witterung in der Luft, fremd und bedrohlich. Was immer dahintersteckte, wollte der Hund aufstöbern, denn das war er seinem Herrn schuldig.

Er schnupperte. Roch den Nebel, die verwitterten Grabsteine, die teils verdorrten Blumen.

Und wieder das Andere, das fremde Wesen.

Liam lief weiter. Der Geruch wurde stärker. Das Andere musste sich dort vorne befinden, zwischen zwei besonders alten Gräbern.

Liam blieb stehen. Er knurrte, fletschte seine Zähne.

Einen Augenblick später fiel das Andere über den Hund her.

Ein Winseln, dann herrschte Ruhe zwischen den Grabsteinen.

DIE ANGST GEHT UM

Jonas Kaminsky wälzte sich unruhig im Bett hin und her. Das
Chili, das seine Frau Kathi heute Abend gekocht hatte, war wie
immer sehr scharf gewesen, genau wie er es mochte. Aber es lag
ihm im Magen, und anders als Kathi, die wie ein Stein neben ihm
im Bett schlief, tat er sich schwer einzuschlafen.

Außerdem hatte er großen Durst. Er tastete nach dem Wasser-
glas auf dem Nachtisch. Leer.

Es half nichts. Sein Mund war so trocken, dass er niemals
schlafen würde, wenn es ihm heute Nacht überhaupt gelang.
Vielleicht doch kein Chili mehr am Abend? Na, mal sehen. Es
war immerhin noch ein halber Topf übrig, auch wenn Kathi ihn
dem Pfarrer vorbeibringen wollte. Seit dem plötzlichen Tod

seines Hundes wirkte Herr Thaler sehr bedrückt; doch es gab nichts, was ein gutes Essen nicht heilen oder zumindest lindern konnte, davon war Kathi überzeugt. Kaminsky stimmte ihr zwar zu, aber ein, zwei Teller würde er sich schon noch abzwacken. Voller Magen und unruhige Nächte hin oder her.

Er schlüpfte in seine Hausschuhe, stand leise auf und verließ das Schlafzimmer. Draußen rauschte der Wind vor den Fenstern und trieb die ersten Schneeflocken des Jahres vor sich her. Kaminsky fröstelte unwillkürlich. Morgen in der Früh würde er als Erstes den Ofen einheizen, dass die Kacheln nur so glühten. Das vertrieb die Kälte aus den Knochen.

Er ging die Treppe hinab und in die Küche. Über der Abwasch drehte er den Wasserhahn auf und ließ ein Glas volllaufen. Während er das erfrischende Wasser trank, blickte er durch das Küchenfenster hinaus.

Er erstarrte vor Schreck. Ließ das Glas fallen, das am Boden zersplitterte.

Denn da draußen, zwischen den Schneeflocken, lugte ein Gesicht zu ihm herein. Eine totenblasse Fratze, mit roten Augen.

Kaminsky war wie gelähmt. Das Atmen fiel ihm schwer.

Der Mund der Fratze verzog sich, entblößte lange weiße Zähne.

„Jonas? Was machst du denn da unten?" Kathis Stimme.

Sie musste gehört haben, wie das Glas zu Boden gefallen war.

Er drehte sich um. „Bleib oben. Komm auf keinen Fall runter!"

111

Als er sich wieder dem Fenster zuwandte, war die Fratze verschwunden.

Was Jonas Kaminsky gesehen hatte, war nur der Beginn einer Reihe von Vorfällen, die sich ab da in Eschenfeld ereigneten. Die unheimliche Fratze tauchte auch an anderen Fenstern auf, dazu sahen manche Bewohner eine schattenhafte Gestalt in den Straßen und hörten höhnisches Gelächter aus den Lüften.

Die Zeitungen taten das Ganze als einen Scherz ab, wahrscheinlich von Jugendlichen. Diese boten wie immer einen vortrefflichen Sündenbock.

Dann griff eine Polizeistreife einen Obdachlosen auf, der eine merkwürdige Geschichte erzählte. Der Obdachlose – er hieß Thomas Witte – beschrieb in allen Einzelheiten, dass ihn ein Mann angegriffen und versucht hatte, ihm seine Zähne in den Hals zu schlagen. Da Witte jedoch, seinem Atem nach zu schließen, sehr viel Alkohol getrunken hatte, schenkte ihm die Polizei keinen Glauben. Wie die meisten der Bewohner Eschenfelds.

Die meisten, aber nicht alle.

„Warum sollte ich mit euch reden? Ich habe es schon oft erzählt, und es glaubt mir ja doch keiner." Witte schüttelte grantig den Kopf. Er kam gerade aus dem schmalen, zweigeschossigen Haus, in dem der Verein für Obdachlose jeden Tag eine Suppenspei-

112

sung organisierte. Angesichts der Kälte, die seit dem frühen Morgen über dem grauen Novembertag hing, zog er seinen zerschlissenen Mantel enger zusammen.

„Wir glauben Ihnen", meinte Felix mit eindringlicher Stimme. Auch Daniel, Emily und Mila nickten. „Erzählen Sie uns einfach noch mal, was geschehen ist."

Der Mann kratzte sich am Kopf. Sein Haar war schütter, das Gesicht blass und zerfurcht. „Habt ihr vielleicht ein paar Euro, damit ich mich etwas besser erinnern kann?"

Sie sahen sich unsicher an. „Mein Vater", begann Daniel, „also er sagt immer, dass man kein Geld geben soll, weil –"

„Weil Penner wie ich alles gleich vertrinken." Witte musterte Daniel. „Darf ich fragen, was dein Vater beruflich macht?"

„Er ist Geschäftsmann."

„Und sicher kein ganz erfolgloser, wenn ich mir deine Klamotten so anschaue", fuhr Witte fort.

Etwas beschämt nickte Daniel.

„Ah ja. Dann darf ich dir jetzt etwas mitteilen: Früher war ich leitender Angestellter bei einer Firma. Dann wurde ich spielsüchtig, hab das ganze Geld der Familie durchgebracht. Meine Frau und meine Kinder wollten mir helfen, aber irgendwann haben sie mich fallengelassen, weil es aussichtslos war. Ich bin auf der Straße gelandet. Und trotzdem", er beugte sich zu Daniel, „ich kann aufrecht gehen, bin gebildet und kein völliges Wrack.

Kapiert? Und wenn ich sage, dass ich eure paar lausigen Euro nicht vertrinke, dann stimmt das!"

„Ja", sagte Daniel leise.

„Kein Grund so pampig zu werden", meinte Mila und zog ihre Geldtasche hervor. „Wofür brauchen Sie das Geld?"

„Für ein Schnitzel. Die Suppe im Verein ist nett, aber auch nicht mehr." Witte deutete mit einer bezeichnenden Geste hinter sich. „Und Wiener Schnitzel ist meine Leibspeise. Meine Frau hat das früher fast jeden Sonntag gemacht."

Mila durchsuchte ihre Geldtasche. „Leer. Gibt's doch nicht."

Felix und Daniel sahen sich an, schüttelten den Kopf. Sie wussten, dass sie nur Handy und Bankomat-Karte dabei hatten.

Emily zog einen 10-Euro-Schein aus ihrer Hosentasche. „Ich sollte für daheim einkaufen, aber das kann ich auch später erledigen." Sie gab Witte den Schein. „Bitte sehr. Lassen Sie sich das Schnitzel schmecken."

Der Mann nahm den Schein, öffnete seinen Mantel und steckte das Geld sorgfältig in die Brusttasche seines dicken, aber an vielen Stellen geflickten Flanellhemdes. Dann sah er Emily an und lächelte. Das Lächeln verwandelte sein mitgenommenes Gesicht – Falten glätteten sich, Augen blickten nicht mehr hart und misstrauisch. „Das war sehr nett, Mädchen, ich danke dir. Es tut gut, ab und zu wie ein Mensch behandelt zu werden."

Er räusperte sich. „Also schön. Folgendes ist geschehen …"

Er blickt wie durch einen Nebel. Hat zu viel getrunken, wie so oft, aber heute, heute ist es das letzte Mal gewesen. Er wird sich zusammenreißen und sein Leben wieder auf die Reihe bekommen. Nur ein Drink, und dann würde alles klappen.

Benommen liegt er in der Seitengasse, auf einem dünnen Karton. Nur wenige Menschen kommen durch die Gasse. Seit ihn die Polizei vom Hauptplatz verbannt hat, um die „anständigen" Bürger nicht zu stören, ist er gezwungen, hier zu betteln.

Schritte. Sie kommen näher, halten bei ihm inne.

Er reißt sich zusammen. „Bitte haben Sie Mitleid. Helfen Sie mir, ich brauche nur ein bisschen Geld."

Stille.

Er zwingt sich, die Augen ganz zu öffnen. Aber er kann die Gestalt vor ihm nicht fassen, sie ist verschwommen, scheint sich seinem Blick zu entziehen. Dann beugt sie sich zu ihm hinab. „Ich werde dir etwas Besseres geben als Geld."

Er sieht spitze Zähne, die sich ihm nähern, hat auf einmal entsetzliche Angst. Er will schreien, doch er ist wie gelähmt. Die Augen des Anderen, rot und hypnotisch, halten ihn in ihrem Bann.

Kalte Finger tasten nach seinem Hals, öffnen den verschmutzten Hemdkragen.

Der Tod ist in die kleine Gasse gekommen, das weiß er instinktiv, oder etwas Schlimmeres als der Tod?

Dann – ein Scheinwerferlicht. „He, was macht ihr beiden da?"

Ein leiser Fluch, er fühlt, wie die Hände ihn loslassen. Einen Augenblick später ist er wieder allein.

Seine Erleichterung ist so groß, dass er zu weinen beginnt.

Witte hatte aufgehört zu erzählen. Seine Augen waren ins Leere gerichtet. Ein kalter Wind kam auf, wehte durch die Straße, brachte einzelne Schneeflocken mit sich.

Aber die vier Freunde spürten die Kälte nicht, so gefesselt waren sie von dem Erlebnis des Obdachlosen.

Mit einem Ruck kehrte Witte wieder ins Hier und Jetzt zurück. „Das ist meine Geschichte. Jetzt könnt ihr mich auslachen."

„Das würden wir nie tun", meinte Felix ernst. „Vielen Dank, dass Sie mit uns gesprochen haben."

„Keine Ursache", erwiderte der Mann. „Aber seid mal ehrlich: Glaubt ihr mir?"

„Das tun wir", antwortete Mila für die anderen.

Witte lächelte. „Das bedeutet mir viel. Wisst ihr – manchmal gibt es Augenblicke im Leben, in denen man nur um Haaresbreite einem schrecklichen Schicksal entkommt. So wie ich in jener Nacht, in dieser Gasse. Ein solches Entkommen sollte man wahrscheinlich nutzen, um etwas zu ändern. Aber dazu muss man an sich glauben. Und wenn ihr mir glaubt, kann ich das vielleicht auch."

Thomas Witte machte eine grüßende Handbewegung, dann ging er langsam die Straße hinunter, auf der bereits eine dünne Schicht Schnee lag.

DIE ERKENNTNIS

Die vier fuhren mit ihren Rädern – Roller und Skateboard würden erst im Frühjahr wieder zum Einsatz kommen – schweigend durch Eschenfeld. Zwischen kahlen Bäumen ging es die ansteigende Straße hinauf, bis sie schließlich vor der Kirche landeten.

Sie stiegen ab, klopften an der Tür des Pfarrhauses.

Nichts geschah.

Felix zögerte. Dann klopfte er noch einmal, diesmal etwas stärker.

Hinter der Tür waren Schritte zu hören, dann das Rasseln eines Schlüsselbundes. Die Tür öffnete sich, Pfarrer Thaler blickte heraus. Felix und seine Freunde erschraken. Sie kannten den Pfarrer nur als alten Mann, aber jetzt wirkte er uralt; dunkle, fast violette

Ringe lagen unter seinen Augen, tiefe Sorgenfalten zogen sich über Stirn und Wangen.

„Was kann ich für euch tun, Kinder?" Thalers Stimme passte zu seinem Aussehen, klang leise und niedergeschlagen.

„Herr Pfarrer, wir haben gehört, dass Liam gestorben ist, und wollten Ihnen sagen, wie leid es uns tut." Felix warf seinen Freunden einen Blick zu. Das war natürlich nicht der einzige Grund, warum sie Thaler aufgesucht hatten. Aber die Wahrheit konnten sie dem Pfarrer nicht sagen, er würde sie für verrückt halten.

„Das ist nett von euch, vielen Dank." Der alte Mann öffnete die Tür weiter. „Wollt ihr kurz hereinkommen?"

„Gerne." Felix und die anderen traten ein.

Sie folgten dem Pfarrer durch einen Hausgang mit abgetretenem Fliesenboden ins Wohnzimmer. Ein Bücherregal, eine große Standuhr, eine Couch und ein Ohrensessel verliehen dem Raum eine gemütliche Note. Neben dem Ohrensessel lag ein kuscheliges Hundebett. Es war leer.

„Setzt euch." Thaler zeigte auf die Couch, dann verließ er den Raum.

Die vier taten wie vom Pfarrer geheißen. Es war still im Raum, nur durchbrochen vom Ticken der Standuhr.

„Wer fragt ihn?" Daniel wirkte etwas unbehaglich.

„Ich mach das", antwortete Mila.

„Also ich glaube, da wäre jemand mit mehr Feingefühl erforder-
lich", sagte Felix hastig.

„Pfff. Wenn du meinst." Mila verdrehte die Augen.

Felix blickte Emily an. Die nickte, ohne dass er etwas sagen musste.

Wenn ich mich mit meinen Eltern so verstehen würde, dachte
er … kurz schweiften seine Gedanken zu dem heutigen Streit
zwischen den beiden. Zwar hatten sie ihren Disput nicht vor ihm
ausgetragen, das taten sie nie. Aber er hatte natürlich trotzdem
alles verstanden, was sie sich im Schlafzimmer hinter verschlossener
Tür an den Kopf warfen. Felix hatte sich die Ohren zugehalten und
war schließlich gegangen, weil er es nicht mehr ausgehalten hatte.

Der Pfarrer kam ins Wohnzimmer, ein Tablett mit vier Gläsern in
den Händen. Die Gläser waren mit einer roten Flüssigkeit gefüllt.
„Johannisbeersaft, selbst gemacht. Ich hoffe, er schmeckt euch."

„Vielen Dank, Herr Pfarrer."

Sie nahmen jeder ein Glas und tranken einen Schluck. Der Saft
schmeckte wässrig, aber aus Höflichkeit verzogen sie trotzdem
anerkennend das Gesicht.

Thaler setzte sich in den Ohrensessel. Er zog einen Rosenkranz
hervor, seine Finger spielten nervös damit.

Emily stellte ihr Glas ab. „Herr Pfarrer – was genau ist mit
Liam passiert?"

„Warum fragst du?" Die Verwunderung war Thaler deutlich
anzusehen.

„In der Stadt weiß niemand genau Bescheid, und deshalb kursieren ein paar seltsame Gerüchte. Es würde uns einfach interessieren." Emily hatte ein schlechtes Gewissen. Man sollte ja schon an sich nicht lügen, aber bei einem Pfarrer war das wahrscheinlich eine noch viel schlimmere Sünde.

„Gerüchte, so so …", meinte dieser nachdenklich. „Und ihr wollt ihnen auf den Grund gehen?"

„Genau." Emily nickte.

Der Pfarrer ließ weiter den Rosenkranz durch seine Finger gleiten. Wieder Stille im Raum, wieder das Ticken der Uhr.

„Ich fand Liam zwischen den Grabsteinen." Thalers Stimme war leise, fast unhörbar. „Er hatte fast kein Blut mehr in sich."

Felix wurde eiskalt. Er musste sich zusammenreißen, um nicht zu aufgeregt zu wirken. Denn dies war der letzte Beweis, den sie gesucht hatten.

„Es muss ein Tier gewesen sein", fuhr Thaler fort, „aber was für eines? Ich habe keine Ahnung."

Wieder warfen sich die vier einen Blick zu. Sollten sie den Pfarrer ins Vertrauen ziehen?

„Und wenn es", Felix zögerte, „etwas anderes gewesen ist?"

Thaler schüttelte entschieden den Kopf. „Es war nichts anderes, und dieses Gerede in der Stadt ist lächerlich. Nein, mein Liam ist wohl von einem anderen Hund attackiert worden."

Stille. Das unaufhörliche Ticken der Uhr.

„Er fehlt mir sehr." Der Pfarrer atmete tief durch. „Aber man muss weitermachen, und meine Gemeinde braucht mich. Ich wäre euch dankbar, wenn ihr niemandem von diesem Gespräch erzählt." Er stand auf. „Und nun bitte ich euch zu gehen. Ich muss meine Predigt vorbereiten."

„Natürlich, Herr Pfarrer."

Bei der Eingangstür verabschiedeten sie sich, dann nahmen sie ihre Räder. Wie von selbst schoben sie sie in Richtung Friedhof. Keiner sprach ein Wort.

Zwischen den Gräbern blieben sie stehen.

„Ich glaube, Pfarrer Thaler weiß es, aber er will es sich nicht eingestehen", sagte Emily.

Mila nickte. „Ganz meine Meinung."

„Aber wir", meinte Felix, „wir gestehen es uns ein." Er zögerte kurz, ließ seinen Blick über den Friedhof schweifen, der im Licht der Dämmerung vor ihnen lag. „Ein Vampir sucht Eschenfeld heim. Und wir sind die Einzigen, die ihn aufhalten können."

VORBEREITUNGEN

Der Garten vor Hoffmanns Haus war wie immer verwildert.
Auf den kahlen Eschen und den Büschen und Sträuchern lag
etwas Schnee. Es hatte zwar aufgehört zu schneien, aber der
Wind wehte immer noch. Er blies die dünne Schneeschicht
von den Hecken.

Felix klopfte. Einmal, dann mehrmals.

Niemand öffnete. Die Fensterläden waren geschlossen.

„Das hab ich mir schon gedacht. Es ist ja noch nicht
Vollmond." Daniel beäugte die Vorderfront des Hauses.

Mila stieß mit dem Fuß gegen die Eingangsstufen. „Aber wo
sind die beiden denn zwischen den Vollmonden?"

„Das ist jetzt nicht wichtig", meinte Felix. „Wichtig ist, dass

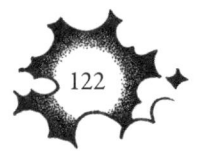

wir uns vorbereiten. Wir wissen nicht, mit welcher Art von Vampir wir es zu tun haben. Aber erinnert euch, was wir in jener Nacht erlebt haben. Und was Hoffmann gesagt hat." Er zeigte auf die Eschen und die Hecke dahinter, welche unter dem Schnee grün schimmerte. „Eschenholz und Weißdorn. Das beste Mittel gegen Vampire."

Mila ging zu einer der Eschen, schlug mit der Hand dagegen. „Und wenn wir es mit keinem traditionellen Vampir zu tun haben? Sondern mit einem australischen Surfer-Vamp, der bei Tage unterwegs ist, nicht mal seine coole Sonnenbrille hebt, bevor er zubeißt und Weißdorn zum Frühstück isst?"

„Mi-la", sagte Emily genervt.

„Was denn?" erwiderte diese achselzuckend. „Kann ja sein."

„Gehen wir einfach mal davon aus, dass gewisse Sachen gut helfen. Und außerdem", Felix zögerte, „vielleicht ist es ja kein Zufall, dass Esche und Weißdorn gerade hier wachsen, im Garten der Vollmondbibliothek."

Emily ging einige Schritte nach rechts, verschwand hinter der Seite des Hauses. Gleich darauf kam sie wieder zu den anderen, hielt eine kleine Axt in der Hand. „Es ist vielleicht auch kein Zufall, dass dahinten eine Axt und ein Holzklotz liegen."

„Super, Emily. Genau das brauchen wir jetzt." Felix blickte sie anerkennend an. Sie errötete. Mila gab Daniel grinsend einen Stoß in die Rippen, der deutete ihr ruhig zu sein.

Innerhalb kürzester Zeit hatten sie einige tieferliegende Äste der Eschen abgehackt und schnitten insgesamt vier längere und vier kürzere Stücke zu. Aus denen würden sie später Kreuze fertigen. Dann schnitten sie zusätzlich vier Stücke ab, für die Pfähle. Dazu sammelten sie Zweige aus der Weißdornhecke.

Als sie alles beisammen hatten, traten sie vom Holzklotz zurück.

„Und jetzt?", fragte Mila.

„Jetzt überlegen wir uns einen Plan." Felix wandte sich an Daniel. „Wir haben zwar alle das Gleiche erlebt in jener Nacht, aber du bist unser Spezialist. Wie würdest du vorgehen?"

Daniel überlegte. „Wir müssen den Vampir finden, und zwar am Tag. In der Nacht haben wir nur schwer eine Chance gegen ihn. Ich habe jedenfalls keine Lust, mich einem Wesen wie Dracula entgegenzustellen, wenn er über seine volle Macht verfügt."

Den anderen schauderte. Das Erlebnis mit dem Fürst der Finsternis, das Grauen und die Kraft, welche von dem Sarg des Vampirs ausgegangen waren, würden sie nie vergessen.

„Aber wenn der Vampir auf dem Friedhof liegt und Nacht für Nacht seinem Grab entsteigt", sagte Emily, „müssten wir in allen Gräbern nachsehen. Das ist unmöglich."

„Ich glaube nicht, dass er einem Grab entsteigt." Daniel blickte nachdenklich auf die Stadt hinab, die sich unter ihnen ausbreitete. „Er kann auch einen anderen Unterschlupf haben, in irgendeinem Keller, und dort bei Tag in einem Sarg schlafen."

„Aber wie machen wir weiter?" Mila kratzte sich am Kopf.

„Wir wissen nicht, wo sich der Vampir aufhält. Und wir können nicht ganz Eschenfeld durchsuchen."

Dieser Feststellung folgte Schweigen.

Felix fühlte, dass sie hier nicht weiterkommen würden. Die aufregende Erkenntnis, dass wirklich ein Vampir sein Unwesen in der Stadt trieb, dazu das Anfertigen der Waffen – all dies verflog zusehends in der Kälte und der anbrechenden Dunkelheit.

„Wir finden sicher eine Lösung", sagte er. „Aber ich würde vorschlagen, wir besprechen das bei mir zu Hause. Wir machen uns etwas zu essen und knobeln einen Plan aus. Meine Eltern kommen eh erst später."

„Wo, äh, wo sind sie?", fragte Daniel vorsichtig.

„Papa ist länger im Büro, Mama bei einer Freundin." Bei der sie sich ausweint, dachte Felix, aber das wollte er nicht sagen.

Emily blickte ihn mitfühlend an. „Also nichts besser?"

„Frag nicht."

Ohne ein weiteres Wort packten die vier die Holzstücke zusammen und radelten in die Stadt zurück.

Als sie zu Felix' Haus kamen, sah dieser, dass vor der Eingangstür von Herrn Rhade einige Pakete lagen. Seltsam, dachte er, warum hat er die Post nicht hineingeholt? Der Nachbar war bei allem sehr genau, wie Felix wusste.

„Wartet mal. Ich komme gleich." Er ging zur Tür, hob die zwei Pakete auf. Ein Brief war auch dabei, das Kuvert aus einem dicken, edel wirkenden Papier. Die Schrift konnte Felix kaum entziffern, aber als Absender war ein Ort namens Jolischka angegeben. Da fiel ihm ein, dass Rhade Verwandte in Ungarn hatte. Er war erst kürzlich wieder von einer Reise von dort zurückgekommen.

Er nahm die Post und wollte eben klopfen, als die Tür von selbst aufschwang. Rhade stand vor ihm.

„Die Postboten werden auch immer jünger", sagte der alte Mann. Seine Augen hinter der randlosen Brille blickten Felix amüsiert an. Das dünne weiße Haar war ordentlich gekämmt.

„Es, es tut mir leid", stammelte Felix. Er hörte, wie seine Freunde sich von hinten näherten. „Ich dachte mir nur, dass Sie vielleicht Hilfe brauchen. Wo Sie doch die Post nicht hineingebracht haben."

„Das ist sehr nett von dir. Aber ich habe es heute einfach nur vergessen. Und so wichtig sind meine Briefe nicht, dass sie nicht ein paar Stunden warten können.

„Hallo, Herr Rhade." Daniel machte eine grüßende Handbewegung.

„Hallo, ihr alle. Wollt ihr einen Kakao? Ich habe gerade einen aufgesetzt."

Felix überlegte kurz, aber es sprach eigentlich nichts gegen eine kurze Stärkung. „Sehr gerne."

Sie begleiteten den Nachbarn durch sein gemütliches Haus. Überall hingen Landschafts- und Städte-Bilder an den Wänden, offensichtlich Erinnerungen an Reisen.

In der Wohnküche setzten sie sich an einen schön gedeckten Tisch mit weißer Überdecke, auf dem eine Kanne und vier lustig aussehende blaugepunktete Schalen standen. Rhade goss ein. „Die hab ich aus Jolischka mitgebracht", sagte er und deutete auf die Schalen, „als ich meine Enkel besucht habe."

Felix nahm vorsichtig einen Schluck. Der Kakao schmeckte cremig und süß und war, das musste man einfach sagen, um einiges besser als der verwässerte Saft von Pfarrer Thaler.

Rhade setzte sich ebenfalls. „Also – was treibt ihr denn die ganze Zeit so? Seid ihr unter die Holzarbeiter gegangen?" Er grinste, als er die erstaunten Gesichter der vier sah. „Ich bin ja nicht blind. Jeder von euch hatte Holz am Rad hinten festgeschnallt."

„Das ist für ein Schulprojekt", erwiderte Felix und fühlte sich sofort unwohl bei der Lüge.

„Ein Schulprojekt. Aha." Rhade begann mit den Fingern auf die Tischplatte zu trommeln.

Die anderen schwiegen.

Der alte Mann hörte auf mit dem Trommeln. „Ich bin niemand, der um Sachen herumredet, das war ich nie. Also komme ich auch jetzt gleich auf den Punkt: der Hund von Pfarrer Thaler wird grausam getötet, unheimliche Fratzen tauchen in der Nacht auf, ein Obdachloser erzählt von einem unheimlichen Mann, der ihn fast gebissen hätte, und ihr vier Helden fahrt mit einem Stapel Holzpfähle herum." Er beugte sich vor und musterte die vier Freunde eindringlich. „Was soll ich mir da eurer Meinung wohl denken?"

„Keine Ahnung, was Sie meinen, Herr Rhade." Felix musste sehr darauf achten, dass seine Stimme fest klang.

„Ich meine", fuhr der alte Mann fort, „dass es einen Vampir in der Stadt gibt. Und dass vier mutige Personen etwas gegen ihn unternehmen wollen."

Er lehnte sich zurück, begann wieder mit seinen Fingern auf den Tisch zu trommeln.

Felix war unsicher. Nahm der Nachbar sie ernst oder wollte er sie nur für dumm verkaufen? Bei Erwachsenen konnte man sich da nie sicher sein, vor allem wenn es um etwas wie Vampire ging. Denn welcher Erwachsene glaubte schon daran?

Andererseits gab es für alles ein erstes Mal. Und Rhade war immer nett zu ihm und Alex gewesen und hatte sie nie von oben herab behandelt.

„Mal angenommen", Felix räusperte sich, „dass wir über so etwas nachgedacht hätten – glauben Sie denn an Vampire?"

Das Trommeln stoppte. „Bis jetzt nicht." Rhade fixierte Felix. „Ich bin ein sehr rational denkender Mensch. Aber wie schon der selige Sherlock Holmes sagte: Wenn man das Unmögliche aus-

geschlossen hat, muss das, was übrigbleibt, die Wahrheit sein, so unwahrscheinlich sie auch klingen mag. Und in diesem Fall neige ich sehr dazu, dass die Wahrheit … ein Vampir ist.“

Auch Hoffmann hatte Sherlock Holmes erwähnt. Felix nahm das als gutes Zeichen.

Er tauschte mit den anderen einen Blick aus. Diese nickten.

„Also gut, Herr Rhade“, sagte er. „Wir denken tatsächlich, dass ein solches Wesen in Eschenfeld sein Unwesen treibt.“

„Ich danke euch, dass ihr offen zu mir seid.“ Der alte Mann lächelte, wurde aber schnell wieder ernst. „Aber was habt ihr nun vor? Dieses Wesen ist wahrscheinlich sehr gefährlich und verfügt über Kräfte, welche unsere übersteigen.“

„Deshalb wollen wir seinen Unterschlupf finden“, warf Daniel jetzt eifrig ein. „Bei Tag natürlich, denn dann kann er uns nichts anhaben.“

„Da habt ihr Recht. Zumindest liest man es so in fast allen Büchern.“ Rhade legte die Stirn in Falten. „Ein solcher Unter-schlupf müsste natürlich etwas abgelegen sein, oder zumindest kein Haus oder keine Wohnung, in dem dauernd Menschen ein- und ausgehen. Sogar bei alleinstehenden Menschen, vor allem älteren, kommt immer wieder jemand vorbei, Verwandtschaft, Putzfrau, soziale Dienste …“

Die vier überlegten ebenfalls.

Dann schnippte der Nachbar mit den Fingern. „Ich bin neulich

129

beim Hotel ‚Am Eck' vorbeigekommen", meinte er. „Kennt ihr es?"

„Natürlich." Mila grinste. „Das beste Eis in der Stadt."

„Genau. Wisst ihr, dass es seit Kurzem geschlossen hat, genauer gesagt seit die Vorfälle angefangen haben?"

„Das muss nicht unbedingt miteinander zusammenhängen", warf Daniel ein. „Mein Vater meinte, dass das ‚Eck' schon länger finanzielle Probleme hat und eine Zeit lang schließen muss."

„Da magst du Recht haben." Rhade machte eine Pause. „Aber das ändert nichts daran, dass so ein leeres Hotel ein hervorragendes Versteck für jemanden oder etwas wäre, das nicht entdeckt werden will."

„Ich weiß nicht. Ein Hotel untersuchen, und dann allein …" Emily fühlte sich sichtlich unbehaglich.

„Nicht allein. Zusammen." Der alte Mann ballte die Faust. „Ich sage euch nämlich eins: Ich liebe dieses Städtchen und ich will nicht, dass es in Angst und Schrecken versetzt wird. Das erste Mal ein Hund, dann ein Angriff auf einen Menschen – das nächste Mal stirbt jemand. Und das werde ich verhindern, notfalls allein."

Stille.

„Das müssen Sie nicht, Herr Rhade. Wir gehen natürlich mit Ihnen." Felix konnte nicht verhindern, dass ihm ein Schauer über den Rücken lief. Denn er wusste – jetzt gab es kein Zurück mehr.

EINE VERHÄNGNIS-VOLLE TÄUSCHUNG

Am nächsten Tag hatten die vier Freunde Nachmittags-unterricht, und so konnten sie erst später als gewollt zum Hotel fahren.

Es war bereits dämmrig, als sie zum Hauptplatz kamen. Außer ihnen waren nur wenige Menschen unterwegs und hasteten über den Platz. Auch wenn viele in Eschenfeld nicht an die seltsamen Vorfälle glaubten, achteten sie doch darauf, nicht zu spät auf den Straßen zu sein. Instinktiv spürten sie wohl die Gefahr, so wie Menschen in Urzeiten die Gefahr verspürt hatten, wenn sich ein Raubtier in der Nähe befand. Diese Menschen hatten sich damals in ihre Höhlen zurückgezogen, heute suchten sie ihre Wohnungen und Häuser auf.

Beklommen stellten Felix und die anderen ihre Räder vor dem Hotel ab. In ihren Rucksäcken hatte jeder ein Kreuz aus Eschenholz bei sich und einen zugespitzten Stab, um den Weißdorn gewickelt war. Mit beidem hofften sie das vampirische Wesen zu bannen, wenn sie ihm begegneten. Aber noch mehr hofften sie, dass das Wesen noch schlief, wenn sie es entdeckten.

Von Rhade war allerdings keine Spur zu sehen.

„Wo mag er wohl sein?" Emily klang besorgt.

„Ich rufe ihn an." Felix hatte sich gestern die Handynummer des Nachbarn geben lassen, für alle Fälle.

Er wählte, wartete.

Aber niemand hob ab. Nur die Mailbox schaltete sich ein.

„Hallo, Herr Rhade?", sprach Felix auf die Box. „Wir sind vor dem Hotel, wo sind Sie?"

Er legte auf.

„Seltsam", Mila runzelte die Stirn. „Ihm wird doch nichts zugestoßen sein?"

„Ich hoffe nicht." Felix steckte das Handy ein. „Aber ich würde sagen, wir machen es so wie geplant. Durchsuchen wir das Hotel, bevor es endgültig dunkel wird." Wir sind eh schon spät dran, wollte er sagen, aber er verkniff es sich. Die Gesichter seiner Freunde zeigten nur allzu deutlich, dass sie das selbst wussten.

Auf der Rückseite des Hotels fanden sie eine Tür, die nicht verschlossen war. Vorsichtig drangen sie in das dunkle Gebäude ein.

Kein Laut war zu hören, nur das Knarren der Holzböden,
als die vier durch die Gänge schlichen.

„Ist das unheimlich", schnaufte Daniel.

„Noch ist Tag. Da wird uns hoffentlich nichts passieren",
entgegnete Mila.

„Sag das meiner Haut. Da laufen so viele Gänse darüber, dass
sonst nichts mehr Platz hat."

Die vier bewegten sich durch die leere Eingangshalle mit der
Rezeption, gingen dann in den ersten Stock hinauf. Am verglas-
ten Balkon stand immer noch das Foto, das Felix vor so vielen
Jahren gesehen hatte. Unter anderen Umständen hätten die beiden
vampirischen Filmstars harmlos, ja sogar lächerlich ausgesehen.
Aber jetzt, beim Vorhaben der vier, fühlte Felix so wie Daniel
Gänsehaut.

Sie probierten die Türen der Zimmer. Alle waren verschlossen,
auch im zweiten Stock. Die Tür zum Dachboden war ebenfalls
verschlossen.

Die vier blickten sich ratlos an. Es wurde immer dunkler, und
das Licht konnten sie auf keinen Fall einschalten. Wenn das
jemand von draußen sah und die Polizei rief, hatten sie ein Problem.

Felix gab sich einen Ruck. „Dann bleibt nur noch der Keller."

„Muss das sein?" Jetzt sah sogar Mila ängstlich aus.
Die Finsternis und die Stille im Hotel wirkten wirklich alles
andere als beruhigend.

„Ich bin auch nicht davon begeistert, das kannst du mir glauben", sagte Felix. „Aber wenn schon, denn schon. Und etwas Zeit haben wir ja noch."

Die anderen zögerten. Dann atmete Emily tief durch. „Okay. Aber wenn die Sache überstanden ist, lädst du mich auf ein Eis ein."

„Gerne. Wenn es dir recht ist, nicht hier im Hotel, sondern in einer anderen Eisdiele. Bei Sonnenschein."

„Gebongt." Emily lächelte.

Und trotz aller Angst davor, was im Keller auf sie warten würde, ging Felix das Lächeln wieder einmal durch und durch.

Langsam schlichen sie ins Erdgeschoß zurück. Die Tür zum Keller war schnell gefunden. Eine breite Stiege führte ins Dunkle hinab. Felix probierte den Lichtschalter. Nichts.

„Na super." Daniels Stimme zitterte.

Anstatt einer Antwort stellte Mila auf ihrem Handy die Taschenlampen-Funktion ein. Die anderen taten es ihr gleich.

Die schmalen Lichtstreifen wischten über die Stiege und die Kellerwände, brachten etwas Erleichterung, auch wenn sie die Dunkelheit nicht ganz vertreiben konnten.

Am Ende der Stiege tat sich ein Raum mit mehreren Türen auf. Der Raum selbst war voller Gerümpel. Altes Mobiliar, ausrangierte technische Geräte, muffiges Bettzeug.

„Die Türen", flüsterte Emily.

Felix nickte, sein Herz pochte. Langsam, ganz langsam öffnete er die erste Tür …

Mehrere Gaskessel, Leitungen, Rohre. Ein Heizraum, nicht mehr und nicht weniger. Und keine länglichen Behälter, in denen sich jemand oder etwas verstecken konnte.

Er schloss die Tür, öffnete die nächste. Die drei anderen hielten sich eng hinter seinem Rücken.

Im Licht der Handys tat sich ein Werkraum vor Felix auf, offenbar für hausinterne Reparaturen.

Und auch die letzten beiden Räume bargen nichts Besonderes. Die vier sahen sich fragend an. Hatte Herr Rhade sich geirrt?

In der Eingangshalle war es mittlerweile dunkel geworden. Felix versuchte erneut seinen Nachbarn zu erreichen, und wieder gelang es ihm nicht.

„Die ganze Aktion war ein kompletter Reinfall", sagte Daniel mürrisch.

Felix steckte sein Handy ein. „Yep."

„Seltsam …", meinte Emily nachdenklich. „Wo steckt Rhade nur? Er wirkte gestern noch so entschlossen."

„Ich weiß auch nicht." Felix dachte nach, an den gestrigen Abend, an alles, was der alte Mann gesagt hatte.

Plötzlich fiel ihm etwas ein. „Sagt mal – habt ihr bemerkt, dass der Kakao und die Tassen schon vorbereitet waren? Als ob er gewusst hätte, dass wir kommen."

Die anderen blickten erstaunt, dann nickten sie.

„Stimmt." Mila fuchtelte mit ihrem Handy herum. „Und wenn ich es mir genau überlege, war er auch über den ungewöhnlichen Tod von Thalers Hund im Bilde. Obwohl außer dem Pfarrer und uns niemand davon weiß."

Die vier überlegten angestrengt.

„Aber warum hätte Rhade gewollt, dass wir hier sind?", sprach Daniel schließlich die Frage aus, die sie alle beschäftigte.

Stille. Dann durchfuhr es Felix eiskalt. „Um uns aus dem Weg zu haben."

An der Tür der Bergmanns klingelte es. Hannah Bergmann sah kurz in den Spiegel neben der Tür, verbesserte automatisch das wenige Make-Up, das sie trug. Gut siehst du aus, dachte sie, wie das heulende Elend.

Draußen stand ihr Nachbar. Er trug einen dunklen Mantel, sein weißes Haar wurde vom Wind zerzaust. „Guten Abend, Frau Bergmann", sagte er höflich. „Darf ich kurz hereinkommen?"

„Aber gerne. Was gibt es denn?" Sie trat zur Seite.

Rhade lächelte und trat als geladener Gast über die Schwelle des Hauses …

KAMPF GEGEN DAS BÖSE

Sie hetzten durch die Straßen und Gassen. Der Schneefall war heftiger geworden, der Asphalt rutschig. Trotzdem trat Felix wie irrsinnig in die Pedale. Sein Herz trommelte in den Ohren, der Atem keuchte, aber alles war egal, er musste so schnell wie möglich nach Hause.

„Wieso weißt du, wohin Rhade will?", rief Daniel ihm im Fahren zu.

„Ich weiß es einfach", antwortete Felix, und genauso war es. Er wusste es, so wie er damals am Hauptplatz gewusst hatte, dass das Haus am Hügel ihn einlud.

Nichts geschieht zufällig. Hoffmanns Worte, und damit hatte der Herr der Vollmondbibliothek wohl recht.

Sie bogen in Felix' Straße ein. Er sah mit einem Blick, dass Rhades Haus dunkel war, genau wie das der Bergmanns.

Die vier kamen schlitternd zum Stehen, ließen die Räder fallen, rannten durch den Garten zur Felix' Haus. Mit zitternden Händen sperrte Felix die Eingangstür auf, lief hinein. Die anderen folgten ihm, Kreuze und Pfähle mit Weißdorn in den Händen.

„Mama? Papa? Wo seid ihr?"

Keine Antwort.

Sie drehten im Wohnzimmer das Licht auf, in der Küche. Niemand da. Felix sah sich verzweifelt um. „Ma-"

Da – ein Geräusch!

Es klang wie ein erstickter Schrei und kam aus dem oberen Stock.

Die vier hasteten hinauf. Wieder der Schrei, von der letzten Tür links. Aus dem Zimmer von Alex, Felix' älterem Bruder! Felix stürzte zum Zimmer, stieß die Tür auf, erstarrte:

Herr Rhade stand darin, das Gesicht totenblass, die Augen in einem so intensiven Rot, dass sie fast zu glühen schienen. Mit der einen Hand hielt er Felix' Mutter am Hals gepackt, die andere war krallenartig erhoben.

Felix' Vater lag bewusstlos am Boden.

„Willkommen, meine Freunde." Rhade verzog die Lippen,

sodass seine langen, spitzen Zähne zu sehen waren. „Und falls ihr euch wundert – ich bin ein ordnungsgemäß geladener Gast."

„Lassen Sie meine Mutter los!", schrie Felix. Er hob das Kreuz aus Eschenholz.

Rhade stieß ein zischendes Geräusch aus. Es erinnerte die vier Freunde an die Laute, welche die Wesen der Vollmondbibliothek ausgestoßen hatten. Die Luftdämonen in Mesopotamien, die Rákshasas in Indien, die Baobhan-Sith in Schottland. Unmenschliche, unheimliche Laute, die einem das Blut in den Adern gefrieren ließen.

„Keinen Schritt näher", befahl Rhade. „Ihr lasst jetzt schön eure Mitbringsel fallen. Wenn nicht –" Er drückte den Hals von Hannah Bergmann stärker zu. Sie stöhnte.

Felix stand wie erstarrt, immer noch das Kreuz in der Hand.

„Na, wird's bald", fuhr Rhade ihn an.

Einen Augenblick später ließ Felix Kreuz und Pfahl zu Boden fallen. Seine Freunde taten es ihm gleich.

„Brave Kinder." Rhade grinste.

„Wer oder was sind Sie eigentlich?", fragte Mila mit zitternder Stimme. „Sie wohnen doch schon ewig hier, hat Felix erzählt. Warum sind Sie jetzt", sie brach ab, sammelte sich wieder „warum sind Sie, was Sie sind?"

Rhade entblößte seine Zähne. „Du meinst das?"

Mila nickte stumm.

„Nun, es spricht nichts dagegen, wenn ich es euch erzähle. Euer Leben währt nur mehr kurz, also ist es einerlei."

Felix schauderte bei diesen Worten. Aber es schien wirklich, als hätte Rhade alle Trümpfe in der Hand. Wenn sie nicht taten, was er sagte, würde er Felix' Mutter etwas antun. Und wenn sie ihm gehorchten ... der Junge wollte gar nicht weiterdenken.

„Als ich das letzte Mal in Jolischka war", fuhr Rhade jetzt fort, „besuchte ich des Abends einen abgelegenen Friedhof, auf dem einige meiner Verwandten begraben liegen. Am Friedhof begegnete ich einem dunklen Mann. Er schenkte mir zwei Dinge – ewiges Leben und den Drang nach Blut." Wieder entblößte Rhade seine schauerlichen Zähne. „Leider wurde mein Meister von einem übereifrigen Priester vernichtet. Zum Glück wusste niemand, dass ich die dunkle Gabe empfangen hatte, und so machte ich mich wieder auf den Weg hierher." Er hielt inne. Streichelte Hannah Bergmanns Wange mit einem seiner spitzen Fingernägel. „Ich kam zurück, um Eschenfeld etwas bluten zu lassen. Nur habe ich nicht mit euch gerechnet."

Unmerklich ließ Felix seinen Blick durch das Zimmer gleiten. Im Regal links standen die Trophäen, die Alex bei Basketballturnieren gewonnen hatte. An den Wänden hingen „Star Wars"-Poster und einige gerahmte Auszeichnungen für Chemie-Wettbewerbe. Alex war ein Ass in Chemie und hatte deshalb auch die beiden Auslandssemester in Amsterdam angeboten bekommen.

Sein Blick verharrte am aufgeräumten Schreibtisch, auf dem ein metallener Behälter stand. Blitzartig erkannte Felix eine Chance, die einzige, die sie noch hatten. Verstohlen deutete er Daniel, der dem Schreibtisch am nächsten stand, den Behälter. Der sah erst verständnislos aus, dann erhellte sich sein Gesicht. Unmerklich näherte er sich dem Schreibtisch.

Rhade schien nicht bemerkt zu haben, was die beiden im Sinn hatten. „Ich habe euch eine Zeitlang beobachtet", fuhr er fort, „und dann in das Hotel gelockt, um euch abzulenken. Ich wusste ja, dass ihr euer – euer Spielzeug dabeihabt". Er musterte die fallengelassenen Eschenkreuze und die mit Weißdorn umwickelten Pfähle. „Wer hat euch überhaupt davon erzählt?"

Die vier schwiegen.

„Na, das spielt jetzt auch keine Rolle mehr." Rhades Stimme wurde lauter. „Ich werde euch aussaugen, alle zusammen, und dann wird die Stadt mir gehören." Er hob seine Klaue. Hannah Bergmann schrie und wand sich, aber vergeblich.

Felix hatte mit einem Mal Bilder vor Augen, von seiner Mutter, von Kindergeburtstagen, wie sie ihm immer wieder aufhalf, wenn er gefallen war, ihn umsorgte, wenn er krank war, mit aller Liebe für ihn und seinen Bruder da war. Eine so übermächtige Wut auf das Wesen, das seine Mutter bedrohte, überkam ihn, dass er schier zu platzen drohte.

„Jetzt, Daniel", brüllte er. Der schlug den Behälter zu Boden.

Weißer Rauch stieg auf und breitete sich im Zimmer aus. Es war ein Überbleibsel vom letzten Chemie-Wettbewerb, den Alex gewonnen hatte.

„Was zum –" Rhade war durch den Rauch für einen Augenblick abgelenkt. Und genau diesen Augenblick nützte Felix: seine Hand schnellte zu Boden, griff einen der Weißdorn-Pfähle und schleuderte ihn gegen den Vampir, alles in einer einzigen, geschmeidigen Bewegung.

Der Stab traf Rhade an der Schulter. Der heulte auf, taumelte nach hinten und ließ dabei Felix' Mutter los. Sie sank zu Boden, blutete am Hals aus mehreren tiefen Kratzern. Trotz der Verletzungen legte sich Hannah Bergmann sofort schützend über ihren immer noch bewusstlosen Ehemann.

Felix wollte instinktiv zu seinen Eltern, wollte ihnen beistehen. Aber da blickte ihn seine Mutter an. Als wenn sie seine Gedanken gelesen hätte, schüttelte sie den Kopf. Da wusste er wieder, was er zu tun hatte.

„Umzingelt ihn! Rasch!", rief er den anderen zu.

Die vier Freunde packten ihre Kreuze und stellten sich um Rhade herum auf. Der sah sich dem gekreuzten Eschenholz gegenüber, zischte und wand sich wie eine Schlange. Das schrecklichste aber war, dass er trotzdem gierig auf Hannah Bergmanns Hals blickte, auf das Blut, das dort langsam aus den Wunden troff.

„Lasst mich gehen. Oder ich werde euch alle töten", heulte das Geschöpf der Nacht.

Die Kreuze in den Händen der Freunde zitterten, aber sie fielen nicht. Der Anblick des Vampirs, seine roten Augen, die spitzen Zähne, dazu die Laute, die er ausstieß – Felix wusste, dass sie das alles nie ausgehalten hätten, wenn sie nicht in der Vollmond-bibliothek gewesen wären. So aber hatten sie schon einmal einen Schritt in eine andere, übernatürliche Welt getan und waren gewappnet.

Fieberhaft flogen die Augen des Vampirs nun durch den Raum, suchten einen Ausweg. Wie damals bei der Vernichtung Draculas spürten die vier Freunde das Böse real vor sich, spürten es mit jeder Faser ihres Herzens. Und das Ironische war, so dachte Felix, dass sich dieses Böse nicht in einem düsteren Schloss, gemiedenen Wald oder verrufenen Friedhof offenbart hatte. Nein, sie standen ihm hier gegenüber, in einem Kinderzimmer in einem freundlichen Haus in einer freundlichen Stadt.

„Lasst mich gehen. Ich verspreche euch, ihr werdet es nicht bereuen", versuchte Rhade es jetzt mit Schmeichelei.

Aber sie hörten nicht darauf, hielten ihre Kreuze weiterhin tapfer nach vorn.

„Was sollen wir tun?", stieß Mila hervor. „Wir können hier nicht ewig stehen bleiben."

Felix wusste ebenfalls nicht weiter. Es war eine Sache, den

Vampir in Schach zu halten. Es war eine ganz andere, wie Van Helsing und seine Gefährten einen Pfahl zu nehmen und ihn – Felix wollte gar nicht daran denken.

Dann fielen zwei Worte in den Raum. Emily sprach sie aus, sehr ruhig, sehr sicher.

„Das Fenster." Sie deutete auf das nach Osten gelegene Fenster. Felix wusste sofort, was sie meinte. „Sie hat Recht. Bilden wir den Kreis."

Ohne Rhade aus den Augen zu lassen postierten sie jedes der Kreuze in einer Ecke des Zimmers. Dann legten sie die Weißdorn-Pfähle dazwischen. Alles zusammen bildete so einen Bannkreis um den Vampir, aus dem er nicht entkommen konnte.

Felix hörte ein Stöhnen. Martin Bergmann erwachte gerade aus seiner Ohnmacht, hielt sich den schmerzenden Kopf. Die Mutter umarmte ihn erleichtert. Er blickte ungläubig auf das verwüstete Zimmer, auf den Vampir. „Was zum –"

Hannah Bergmann legte ihrem Mann einen Finger auf den Mund. „Später." Er wollte etwas erwidern, aber dann sah er die Verletzungen an ihrem Hals, sah wie geschwächt sie war. Sofort legte er seinen Arm um sie und half ihr auf. Sie schwankte, stand dann aber sicher in seinen Armen.

„Und was wollt ihr jetzt machen?", geiferte Rhade. „Ich werde schon eine Möglichkeit finden, euren lächerlichen Kreis zu durchbrechen."

„Dazu werden Sie keine Gelegenheit mehr haben." Felix fühlte, dass alles seinem Ende entgegen ging, fühlte mit einem Mal eine tiefe, allumfassende Erschöpfung in sich. Und dazu eine gewisse Traurigkeit, denn das Wesen im Bannkreis war einmal ein Mensch gewesen. Ein netter, warmherziger Mensch, der gegen seinen Willen zu etwas unsagbar Bösen gemacht geworden war.

„Hier durch", Felix deutete auf das Fenster, „wird die Morgensonne hereinscheinen und Sie erlösen. Denn was auch immer Sie sein mögen – ich bin mir sicher, dass noch etwas von Herrn Rhade in Ihnen steckt, und das wird seinen Frieden finden."

Rhade riss entsetzt die Augen auf. „Nein, bitte –"

Hannah und Martin Bergmann gingen aus dem Zimmer. Die vier Freunde folgten ihnen. Die Bitten des Vampirs wurden zu einem Kreischen, als er erkannte, dass er keine Chance mehr hatte.

Daniel war der Letzte. Mit ernstem Gesicht schloss er die Tür hinter sich.

Als die Sonne aufging, tönten Schreie durch das Haus. Sie waren so unmenschlich und schrill, dass es nichts half sich die Ohren zuzuhalten. Die vier Freunde und Felix' Eltern schlossen die Augen und beteten, dass es schnell vorbeigehen würde.

Schließlich verstummten die Schreie des Vampirs.

Es war getan.

VERSÖHNUNG

Hannah Bergmann lag auf der Behandlungsliege. Ein junger Assistenzarzt vernähte routiniert die Wunde an ihrem Hals.

Martin Bergmann saß am Rand der Liege und hielt ihre Hand, Felix die andere. Daniel, Emily und Mila standen am Fuß der Liege.

„So, fertig. Da wird keine Narbe übrigbleiben." Der Arzt legte Hannah Bergmann beruhigend die Hand auf die Schulter.

„Danke, Herr Doktor."

Der Arzt verließ den Raum.

„Wie geht es dir? Hast du Schmerzen?", fragte Martin Bergmann besorgt.

Sie lächelte. „Alles in Ordnung." Und drückte seine Hand.

Etwas im Ton, in dem sie miteinander sprachen, ließ Felix erkennen, dass von nun an alles anders werden würde. Vielleicht

war es die große Gefahr gewesen, in der sie geschwebt hatten, vielleicht die Erkenntnis, wie schnell das Leben vorbei sein konnte und wie leichtfertig man es mit Streit vergeudete. Hatte nicht auch Witte, der Obdachlose gesagt, dass es eine Chance war, wenn man etwas Schrecklichem entkommen war? Vielleicht hatten auch die Bergmanns eine solche Chance bekommen. Felix hoffte es inständig.

„Ihr wart unglaublich, Felix", sagte seine Mutter nun. „Wie kommt es, dass ihr wusstet was man gegen dieses – dieses Ding tun kann?" Sie schauderte, als sie sich offensichtlich wieder an Rhade erinnerte.

„Kein Ding. Ein Pamgri, also ein Vampir ungarischer Prägung", dozierte Daniel mit erhobenem Finger.

„Alter Angeber." Mila knuffte ihn in die Rippen.

„Aber noch mal: Woher habt ihr gewusst wie ihr gegen Rhade vorgehen musstet? Und kommt mir nicht mit billigen Gruselfilmen." Martin Bergmann musterte die vier abwartend.

Felix überlegte fieberhaft. Seine Eltern hatten in dieser Nacht erfahren müssen, dass es Übernatürliches auf der Welt gab, und für Erwachsene hatten sie das recht cool hingenommen. Aber ihnen von der Vollmondbibliothek erzählen? Irgendetwas sagte ihm, dass er das besser lassen sollte.

Dann ging die Tür auf und nahm somit Felix die Entscheidung ab. Denn an der Tür stand – Alex. „Also hier seid ihr alle."

„Alex!" Felix lief hin und umarmte seinen Brunder. Dann wurde ihm klar, dass das vielleicht ein wenig kindisch wirkte und er löste sich von ihm. „Ich meine schön, dass du da bist."

„Komm her, du Idiot", erwiderte Alex und nahm ihn in den Schwitzkasten. Sie rangen kurz und spielerisch, dann ließ der Ältere den Jüngeren los. „Dein Glück, sonst würde ich den Boden mit dir wischen", meinte Felix.

„Klar, kleiner Bruder." Alex trat zu den anderen und bemerkte erst jetzt den Verband am Hals seiner Mutter. „Mom, was ist mit dir?"

„Das ist eine lange Geschichte", meinte Hannah Bergmann erschöpft. „Ich würde sagen, wir fahren heim und reden bei einem guten Frühstück. Ihr seid alle eingeladen."

Felix und die anderen merkten erst jetzt, wie hungrig sie waren. Ein Frühstück klang genau nach dem, was sie nach dieser Nacht brauchten.

„Gute Idee, da könnt ihr mir gleich was erklären", sagte Alex. „Ich war kurz zu Hause, bevor ich hierherkam. Darf ich fragen, was ihr in meinem Zimmer gemacht habt? Komische Kreuze, der Boden verkohlt – also wenn ihr das nächste Mal wilde Partys feiert, dann ruft mich vorher an."

Felix und seine Freunde sahen sich an. Ebenso seine Eltern. Dann brachen sie in schallendes Gelächter aus …

148

VIELE NÄCHTE WERDEN FOLGEN

„Dann ist also alles gut gegangen." Herr Hoffmann stellte die
Teetasse hin.

Eine neue Vollmondnacht war angebrochen. Diesmal verbargen
dichte Wolken den Mond, und hinter dem hohen Fenster der Bibliothek fielen Schneeflocken vom Himmel. Mit dem knisternden
Kaminfeuer war es jedoch richtig heimelig in dem großen Raum.

„Gerade noch." Felix stellte ebenfalls die Tasse hin. So langsam
gewöhnte er sich an das Getränk. „Sagen Sie, Herr Hoffmann,
war das alles Zufall? Dass wir Sie getroffen haben und Sie uns mit
der Welt der Vampire vertraut gemacht haben, kurz bevor Herr
Rhade in Eschenfeld sein Unwesen trieb? Denn ohne Sie hätten
wir ihn niemals besiegen können."

Hoffmann lächelte geheimnisvoll. „Wer weiß das schon? Die Wege des Schicksals sind, wie man so schön sagt, unergründlich. Und letztendlich ist es auch egal, denn nur das Ergebnis zählt."

„Meine Güte, Vater, so verschroben brauchst du auch nicht zu reden." Leonore schenkte ihm noch eine Tasse ein.

„Habe ich schon einmal gesagt, dass ich dich hätte viel strenger erziehen sollen?"

„Nicht, dass ich wüsste." Leonore strich ihrem Vater liebevoll über die Wange. Dann griff sie zum Beistelltisch, auf dem eine Schale mit Schokoladekeksen stand, und stellte sie in die Mitte des Tisches. „Für die tapferen Vampirjäger. Lasst es euch schmecken!"

Felix und Emily griffen gleichzeitig in die Schale. Ihre Finger berührten sich, gingen aber nicht wieder auseinander. Die beiden blickten sich an, und Felix wusste auf einmal, dass Emily gleich empfand wie er. Ein Glücksgefühl stieg in ihm auf, wie er es noch nie erlebt hatte.

„Die Kekse sind nicht nur für euch, ihr Turteltäubchen." Mila fuhr zwischen sie und grabschte eine Handvoll der Leckereien.

„He, lass mir auch noch was übrig", protestierte Daniel.

„Sag doch deinem Papi, dass er dir eine Keksfabrik kaufen soll, wenn du zu kurz kommst", meinte Mila und steckte sich genüsslich einen Keks in den Mund.

„Mach ich. Und weißt du, wen ich nicht dorthin einlade? Dich!" Daniel griff sich ebenfalls einen Keks.

„Welch Harmonie." Hoffmann schüttelte den Kopf.

Besser kann es nicht sein, dachte Felix. Er war hier mit Emily, mit seinen Freunden, seine Eltern vertrugen sich wieder, und er hatte das Abenteuer seines Lebens erlebt. Außerdem würden noch viele abenteuerliche Vollmondnächte folgen. Das spürte er ganz deutlich.

„Also", Hoffmann klatschte in die Hände, „wer ist heute dran?"

EPILOG

Emily war gerne bei ihrer Tante Sophie, aber heute nicht. Denn heute fand ein Volleyballspiel statt, bei dem sie gebraucht wurde. Doch Tante Sophie hatte sie dringend zu sich gebeten. Und da Tante Sophie einerseits jung, hip und ihre Lieblingstante war, andererseits aber auch schnell beleidigt, konnte Emily ihre Einladung nicht wirklich abschlagen.

Die Tante wohnte allein in einem Haus. Haus war eigentlich die falsche Bezeichnung, es handelte sich um eine Art Turm, den sich ein Maler vor über 100 Jahren bauen hatte lassen. Der Maler hatte wie ein Besessener gemalt und seinen Lebensabend tragischerweise in einer Anstalt verbracht. Der Turm war baufällig und schwer zu heizen und deshalb durch viele Hände gegangen. Schließlich hatte die Stadt ihn übernommen und stellte ihn begabten und wenig begüterten Künstlern zur Verfügung, die dort wohnen und sich inspirieren lassen konnten. Tante Sophie war begabt und immer knapp bei Kasse, deshalb hatte sie sich nur allzu gerne bereit erklärt dort zu wohnen.

Emily stellte das Glas mit einem der unzähligen Gesundheitsdrinks ab, auf die Tante Sophie stand. Sie musterte ihre Tante, die langen dichten Locken, das hübsche Gesicht, die schmalen, sensiblen Hände.

Hände, die gerade eine Papierserviette zerfledderten.

Die Tante sah auf die altmodische Uhr an der Wand.

„18:12 Uhr. Gleich ist es soweit."

Einen Augenblick später hörte Emily Schritte im Stock über ihnen. Dazu wurde ihr kalt, wie wenn sie in einen Luftzug gekommen wäre.

„Wer ist denn dort oben, Tante?"

Als Antwort legte Tante Sophie die Hand an den Mund, deutete ihrer Nichte still zu sein.

Immer noch ging dort oben jemand, langsam und schwerfällig. Dann verstummten die Schritte.

„Da oben ist niemand, nur ein Zimmer, das früher als Atelier diente", sagte Tante Sophie jetzt. Sie zündete eine Kerze in einem Halter an. Die kleine Flamme war die einzige Lichtquelle in dem düsteren Wohnzimmer. „Es war sein Atelier." Sie deutete mit der Kerze an die Wand, an der ein Porträt hing. Es zeigte einen Mann mit hochmütigem Gesichtsausdruck. „Anton Kupka, der Maler, der diesen Turm erbauen hatte lassen."

Die Tante stand auf, hielt die Kerze näher an das Porträt. Emily fühlte sich unwohl, als das Licht die Augen des Malers beleuchtete. Fast schien es, als würden sich die Augen bewegen, als würde sich der Mund spöttisch verziehen.

Dann ging die Kerze aus.

„Das passiert jedes Mal, wenn man ein Licht an dieses Porträt hält. Als ob er nicht will, dass man sein Gesicht sieht."

Tante Sophie setzte sich wieder. „Und jeden Tag um 18:12 Uhr höre ich diese Schritte. Ich war schon einmal oben, aber ich hatte nicht den Mut die Tür zu öffnen. Als die Schritte verstummten, bin ich dann doch hinein. Niemand war darin."

Emily räusperte sich. „Und du erzählst mir das, weil –"

„Weil mich die Polizei für verrückt halten würde. Und weil ich eine gute Freundin von Hannah Bergmann bin, der Mutter deines Freundes Felix. Ich habe mich ihr anvertraut, und sie hat gemeint ich sollte mit dir sprechen. Weil du und deine Freunde", sie machte eine Pause, „offen für bestimmte Sachen seid"

Emily blickte an die Decke, die sie von dem Atelier trennte. Das Atelier, in dem etwas umging, das ihrer Tante Angst einjagte. Sie fühlte Furcht, gleichzeitig ein Gefühl der Vorfreude. Denn morgen war Vollmond – und sie wusste schon jetzt, was das nächste Thema in der Vollmondbibliothek sein würde.

„Tante Sophie", sagte Emily feierlich, „du hast richtig gehandelt. Wir werden uns sofort darum kümmern."

Matthias Bauer lebt als selbständiger Schriftsteller in Tirol und verfasste als Teil des Schreibduos Zach/Bauer zahlreiche Romane, darunter die historischen Mystery-Thriller „Morbus Dei." Ebenso schreiben Zach/Bauer Drehbücher für TV und Kino. Ihr Wikinger-Film „Northmen – A Viking Saga" war ein weltweiter Erfolg. **www.zach-bauer.com**

Chris Scheuer ist ein österreichischer Comiczeichner. Er gehört zu den bekanntesten und erfolgreichsten seines Genres, und das seit bereits über 30 Jahren. Scheuer erhielt 1984 – im Jahr der ersten Preisverleihung – den Max-und-Moritz-Preis in der Kategorie Bester deutschsprachiger Comic-Künstler. Des Weiteren wurde ihm das Goldene Ehrenzeichen des Landes Steiermark verliehen.